KB136333

TITUS ANDRONICUS

타이터스 앤드러니커스

신정옥 옮김

전예원

『셰익스피어전집』을 옮기고 나서

숙명처럼 혹은 원죄 (原罪)처럼 나의 삶과 정서를 지배하던 먹구름은 이제 걷히고 맑은 하늘이 열리고 있다. 하지만 나의 마음은 왠지 허전하고 공허하다. 셰익스피어와의 힘겨운 싸움에 쇠잔한 때문일까.

나는 이제 셰익스피어가 그의 전 생애에 걸쳐 이룩한 장막희곡 37편과 3편의 장편시 그리고 소네트를 우리말로 옮기는 작업에 종지부를 찍었다. 돌이켜보면 셰익스피어문학에 어렴풋이나마 눈이 뜨이고 귀가 열린 것은 『한여름 밤의 꿈』을 번역하면서 비롯되었는데, 그때 내 마음속 깊이 자리잡은 셰익스피어가 나를 운명처럼 괴롭힌 지도 어언 20여 년이나 된다. 지난 오랜 시절 동안의 나의 외로운 번역작업은 문자 그대로 인고 (忍苦)의 세월이었다.

"그 진실 때문에 고통의 모습을 사랑한다."고 토로한 미국의 청교도 여류시인 에밀리 디킨스의 말처럼, 위대한 인간성에의 끝없는 사랑과 아름다움에 따뜻한 시선을 던지는 셰익스피어문학의 진실 때문에 나는 그를 우리말로 옮기는 고통을 감내해왔는지도 모른다.

그러면서도 사실 내가 셰익스피어작품에 매료된 가장 큰 원인은 바로 그의 언어의 천재성 때문이었다. 언어가 빚어낸 비극성과 희극성이 그를 인류 역사에 찬연히 빛나는 불멸 (不滅)의 극시인으로 만들었고 신선한 탄력이 나를 사로잡았던 것이다. 어디 그뿐이랴. 시적 아름다움과 향기가 깃들어 있어서 매우 심도 (深度)있는 함축성을 지닌 문체에다 음악의 미와 이미지의 미가 유기적으로 융합됨으로써 아름다움이 더욱 빛을 발하고 있는 것이다.

따라서 태반이 이중 영상적 (映像的)인 그의 언어는 윤기마저 흐른다. 그의 언어는 싱싱하게 살아 숨쉰다. 영혼의 심연 (深淵)으로부터 우러나오는 언어의 광채와 언어의 맥박의 울림 속에서 극적 전개를 이룩해 나가는 것이 셰익스피어의 극인 것이다. 그래서 엘리자베드 시대의 영국 국민들은 셰익스피어의 극에서 시각적인 감동보다도 청각적인 짜릿한 감흥에 젖어들기를 좋아했다. 이를테면 눈으로 보는 연극보다도 귀로 듣는 연극을 좋아했고 탐닉했던 것이다.

셰익스피어의 신성(神性)에 가까운 언어의 천재성은 그의 작품을 번역하는 사람들에게 적지 않은 어려움을 안겨왔다. 나 역시 그러한 곤혹스러움에 빠져 후회가 되기도 했다. 그리하여 한 작품의 번역이 끝나고 그 다음 작품에 손을 댈 때마다 '잘못 씌어진 책은 실수이나 좋은 책의 오역은 죄악이다' 라는 명구가 나를 긴장시키곤 했다. 그러한 심신의 동요 속에서도 이렇게 전집을 펴낼 수 있었던 것은 순전히 주변의 가까운 선배 동료의 격려 덕분이라고 생각한다.

여하튼 셰익스피어 원작을 번역함에 있어 나는 무분별한 직역과 지나친 의역을 피해서 될 수 있는 대로 원전에 충실하기로 방침을 세웠다. 원전과 번역의 거리를 최대한 축소시켜, 원전의 의미와 향취를 살리면서도 오늘의 감각과 취향에 맞도록 하기 위해서 애를 썼다.

따라서 "번역은 충실하면 충실할수록 더 아름답고 아름다우면 아름다울수록 덜 충실하다."라는 폴 발레리의 고백을 교훈삼아 나의 번역도 그렇게 지향하려고 노력했다.

두말할 나위 없이 셰익스피어 작품의 훌륭한 번역가는 세 개의 얼굴을 가진 그리스의 알테미스 여신보다도 한 개가 더 많은 얼굴을 가져야 된다고 한다. 즉, 네 개의 얼굴(四面性)이란 비평가적 얼굴, 언어학자적 얼굴, 연출가적 얼굴, 시인적 얼굴, 다시 말해서 비판의식과 어휘의 풍부함과 무대지식과 그리고 시인적 감각을 가리킨다. 이러한 사면성이 탄탄하게 갖춰졌을 때 비로소 극시인의 본래의 사상과 이미지 그리고 영상을 충실하게 드러낼 수 있다고 하겠다.

나는 과거에 출간된 셰익스피어의 번역물들의 공통적 특성이라 할 산문투의 대사를 지양하고 될 수 있는 대로 무대언어로 옮기려고 노력했지만 뜻대로 되지 않아서 아쉬움이 없지 않다.　그러나 셰익스피어 작품 完譯이 한국 출판문화, 더 나아가 정신문화를 윤택하게 하는 데 한 알의 밀알이 되었으면 하는 바람을 갖고 있다. 앞으로　좋은 번역이 나오는 데 있어 나의 역서가 한 징검다리가 될 수만　있다면　기쁘겠다.

　끝으로 셰익스피어 전집이 우리 말로 옮겨져　나오기까지　거친　원고를 정리하고 교정하여 책으로 만드는 데 많은 수고를 아끼지 않으신 도서출판 전예원 편집부원들과 따뜻한 정의 (情宜)와 격려를 주신 분들에게 감사한다. 특히 건전한 번역문화를 선도하는 전예원　金鎭洪 박사의 각별한 배려와 후원에 크게 힘입었음을 밝히면서　동시에 따뜻한 감사를 드린다.

1989년 여름
신정옥

타이터스 앤드러니커스

〈등장인물〉

새터나이너스   작고한 로마 황제의 큰아들, 후에 황제가 됨

배시에이너스   새터나이너스의 동생

타이터스 앤드러니커스   로마의 귀족, 고드족을 토벌한 장군

마커스 앤드러니커스   호민관, 타이터스의 동생

루시어스
퀸터스
마시어스   } 타이터스 앤드러니커스의 아들들
뮤시어스

소년 루시어스   루시어스 앤드러니커스의 아들

퍼블리어스   마커스 앤드러니커스의 아들

셈프러니어스
카이어스   } 타이터스의 친척들
발렌타인

이밀리어스   로마의 귀족

알라버스
디미트리어스   } 타모라의 아들들
카이론

아론   무어인, 타모라의 정부(情夫)

장교, 호민관, 사자, 광대 각 한 명, 로마의 민중들과 고드인들

타모라   고드족의 여왕, 후에 로마의 황후가 됨

라비니어   타이터스 앤드러니커스의 딸

유모, 흑인의 아이, 원로원 의원들, 호민관들, 장교들, 병사들, 시종들

⟨장소⟩

로마 및 그 부근

제 1 막

●

영광으로 빛나는 로마의 체구에는 늙고 유약한
머리보다는 더 좋은 머리가 필요하오. 내가 왜 이 옷을
몸에 걸치고 여러분께 폐를 끼쳐야 하오? 설사 오늘 선출되어
보위에 등극하더라도 내일은 대권을 버리고 이 세상을
하직하게 될지도 모르니 또 여러분에게 새로이
수고를 끼치게 되는 게 아니겠습니까?
―1장 타이터스의 대사 중에서

제 1 장 로마. 원로원 앞

앤드러니커스 문중의 묘가 보인다. 호민관들과 원로원 의원들 2층 무대에 등장. 평무대의 한쪽 문으로 새터나이너스와 그의 당원들이 등장. 동시에 다른 쪽 문으로 배시에이너스와 함께 그의 당원들이 각각 고수와 나팔수를 선두로 하여 등장.

새터나이너스 귀족 여러분, 나의 권리를 보호해 주는 여러분, 무기를 들고 나의 정의의 길을 지켜 주시오. 동포들이여, 날 따르는 충직한 여러분, 여러분의 칼로써 나의 왕위계승권을 지지하여 주시오. 난 얼마 전까지 로마의 보위에 올라 계셨던 부왕의 장남입니다. 그러니 아버지의 영예는 마땅히 내가 계승해야 하며, 맏형을 저버리는 치욕스런 일이 일어나지 않기를 바라는 바입니다.

배시에이너스 로마 시민 여러분, 친구들 및 동지들이여, 나의 권리를 지지해 주는 여러분, 만일 전 황제의 아들인 이 배시에이너스가 로마 제국의 왕자로서의 성덕을 지녔다고 헤아린다면 신전으로 가는 길을 굳게 지켜, 미덕과 정의와 절도와 고결만이 바쳐져야 하는 보위에 오욕이 범접하지 못하게 하시오. 진실로 인덕 있는 사람을 공정한 선거로 뽑아 주시오. 로마 시민 여러분, 선택의 자유를 위해 싸워 주시오.

마커스 앤드러니커스가 왕관을 들고 2층 무대에 등장.

마커스 두 왕자 전하, 아룁니다. 두 분께선 보위를 두고 파벌을 만드시고 동지들을 모아 다투고 계시나 저희들이 대표하고 있는 로마 시민 일동은 새로운 로마 황제의 후보로서 여러 해 동안 이 나라에 위대한 공을 세워 충국지사의 칭호까지 받은 타이터스 앤드러니커스를 추대하기로 만장일치로 결의했습니다. 현재 이 로마 성내에는 그보다 더 고결한 인물, 용감한 용사는 없습니다. 그분은 원로원의 소환으로 돌아오게 됐습니다만 자식들을 동반하여 오랫동안 야만족인 고드 정벌의 어려운 전쟁에서 늘 적에게 공포를 주어 왔고 무력에 뛰어난 강한 그들을 정복한 것입니다. 그분이 로마를 위해 출진하여 오만한 적국을 응징하기 시작한 이래 어언 십년이란 세월이 흘러갔습니다. 그간 싸움터에서 용감하게 전사한 아들들의 관을 메고 피로 얼룩진 채 다섯 번이나 로마로 돌아온 것입니다. 그리고 마침내 이제 타이터스 앤드러니커스는 명예의 전리품을 산더미처럼 가지고, 용맹한 장군으로서 로마로 개선합니다. 두 왕자님께서 그 계승을 갈망하시는 선왕 폐하의 영예입니다만 우리들은 돌아가신 황제의 명예를 걸고 또 두 분이 추앙하셔야 하는 대신전과 원로원의 권리에 두고 간청합니다. 부디 이곳을 물러가시고 무력을 거두시어 부하들을 해산시키고, 그 다음에 재판에 임하는 자와 같이 평화롭고 겸손하게 각자의 명분을 주장해 주시기 바랍니다.

새터나이너스 호민관의 말에 충심으로 따르겠소!

배시에이너스 마커스 앤드러니커스, 난 경의 올바르고 고결한 인격을 신뢰하며, 당신과 당신의 근친, 즉 당신의 고상한 형 타이터스 장군과 그의 아들들을 경애하며, 존경하오. 특히 로마의 꽃이라 할 그분의 딸 라비니어를 진심으로 사모하고 있소. 그러니 지금 곧 이 자리에서 사랑하는 동지들을 해산하고, 나의 주장은 운명과 국민의 의향에 일임하며 공정한 재가에 기꺼이 따르겠소. (배시에이너스의 군사들 퇴장)

새터나이너스 나의 권리를 위하여 충성을 바쳐 준 동지들이여, 동지 여러분에게 감사하면서 부득이 해산을 명하오. 그리고 이 몸과 나의 주장 전부를 국민의 사랑과 호의에 맡기겠소. (새터나이너스의 군사들도 퇴장) 로마여, 내가 네게 신뢰와 애정을 바치듯이 너도 내게 공정함과 자비심을 보여다오. 자, 성문을 열고 내가 들어가도록 해주오.

배시에이너스 호민관 여러분, 경쟁자인 나도 들어가게 해주시오. (나팔 소리. 새터나이너스와 배시에이너스, 원로원 쪽으로 들어간다)

장교 한 사람 등장.

장교 로마의 시민들이여, 길을 비켜 주십시오. 미덕의 옹호자이며 로마에서 최고로 용맹하신 앤드러니커스 장군이 싸움에서 승전하시어 명예와 혁혁한 전공을 안으시고 돌아오십니다. 로마의 적들을 칼로 무찌르시고 우리 나라의 지배 하에 묶어 놓으시고 지금 막 개선하십니다.

큰북과 나팔 소리. 우선 타이터스의 두 아들, 마시어스와 뮤시어스 등장. 그 다음 검은 천에 덮인 관을 두 사람이 들고 등장. 그 뒤에 또한 타이터스의 아들들인 루시어스와 퀸터스가 나오고 다음에 타이터스 앤드러니커스, 그리고 고드국의 여왕 타모라와 그의 세 아들 알라버스, 카이론과 디미트리어스, 무어인(흑인) 종복 아론 및 되도록 많은 고드인들이 포로의 몸으로 등장.

그들이 관을 땅에 내려놓자, 타이터스가 말한다.

타이터스 로마여, 돌아왔소. 상복을 입고 승리를 축하하오. 보시오, 화물을 싣고 출범한 상선이 교역을 끝마치고 닻을 올렸던 그 항구에 귀중한 재화를 가득 싣고 돌아온 것처럼, 앤드러니커스는 월계수의 관을 머리에 쓰고 나의 조국 로마에 경애하는 눈물로 진실로 기쁜 눈물을 가지고 돌아와 인사를 드리는 바이오. 이 신전의 위대한 수호자이신 주피터 신이시여, 우리가 앞으로 행하려는 의식을 축복해 주소서! 로마 시민들이여, 트로이 왕 프라이엄의 그것에 비하면 그 반수이긴 하나 용감한 아들 스물다섯 명 중, 겨우 살아남은 자는 이들 넷뿐이고, 나머지는 모두 전사하였소! 이들 생존자에겐 로마가 경애하는 상으로 보답하여 주시오. 그리고 마지막 안식처로 운구해 온 저 시신들에겐 그들의 선조들 곁에 묻힐 영예를 주십시오. 고드족들은 이제 나의 칼이 칼집에서 쉬게 해주었소이다. 아무리 육친의 정을 홀하게 여기고 매정했던 타이터스였기로서니 전사한 자식들의 장례조차 치러 주지 않고 어찌 그들의 혼백을 무서운 황천의 강변을 방황하게 내버려 둘 수 있겠소이까? 자, 무덤 문을 열고 그들을 형제 곁에 안식케 해주시오.

묘의 문이 열린다.

조국을 위해 전사한 영령들이여, 망자(亡者)의 관례대로 무언으로 인사하고, 고이 잠들라! 오오, 나의 가장 사랑하는

아들들을 맞아들이는 성스러운 종묘여, 미덕과 고결의 향기
로 뒤덮인 납골당이여, 넌 나의 아들들을 그곳에 많이 지니
고 있으면서, 그 중에서 단 한 사람도 돌려주지 않는구나!

루시어스 고드족의 포로들 중에서 가장 신분 높은 자를
저희들에게 넘겨 주십시오. 그자의 사지를 잘라서, 형제들의
유골을 안치해 둔 이 지하의 감옥 앞에서 그 육신을 불태워,
우리 형제들의 영전에 바치고 싶습니다. 그렇게 하지 않으면
혼령들의 원한은 누그러지지 않을 것이며, 또한 망령은 지상
에 나타나 재앙으로써 우리들의 평화를 교란시킬 것입니다.

타이터스 그럼 생존자 중에서 가장 신분이 높으며 비탄
에 잠긴 여왕의 장남을 너희들에게 넘겨 주겠다.

타모라 로마의 형제들이여, 잠깐만요! 자비로운 정복자
타이터스 개선장군이여, 아들을 위해 흘리는 어미의 눈물을
가엾게 여겨 주십시오. 장군의 아들들이 장군님께 소중하다
면, 오오, 내 아들들도 내겐 소중합니다! 우리 모자가 오라
에 묶이어 포로가 되어, 이처럼 로마에까지 끌려와서 장군의
개선을 아름답게 장식하는 꽃이 된 것만으로도 충분할 터인
데, 나라를 위하여 용감하게 싸운 나의 아들까지도 거리에서
참살을 당해야 합니까? 오오, 국왕과 국가를 위하여 싸우는
것이 당신네들의 충의의 길이라면, 나의 자식들에게도 마찬
가지입니다. 앤드러니커스 장군이시여, 피로써 종묘를 어지
럽히지 마십시오. 장군께서 신들의 본성에 가까이 하시려면
먼저 자비심을 가지셔야 합니다. 인자한 자비심이야말로 고
결의 참된 표식입니다. 고결하신 타이터스 장군님, 내 장남
의 목숨을 살려 주십시오.

타이터스　진정하시오, 여왕, 저들은 당신들 고드족의 손에 죽음을 당한 자들의 형제요. 그러니까 살해당한 형제들의 넋을 달래기 위해 종교의 도리상 산 제물을 요구하고 있소. 저승에 간 영혼의 고통을 달래 주기 위해서는 여왕의 아들의 죽음은 불가피하오.

루시어스　저자를 끌고가라! 당장 장작더미에 불을 지르고 칼로 그자의 사지를 저며 살 한 점도 남기지 말고 태워 버려라. (루시어스, 퀸터스, 마시어스, 뮤시어스가 알라버스를 끌고 퇴장)

타모라　아아, 잔인하고 신을 두려워하지도 않는 무도한 짓!

카이론　스키티아의 야만인도 이처럼 잔인하지는 않았다.

디미트리어스　야망에 불타 있는 로마를 스키티아와 비교하는 건 당치도 않은 일. 알라버스 형은 영원한 안식처로 가지만 살아남은 우리는 타이터스의 무서운 눈총을 받으면서 떨며 살게 될 거다. 여왕 전하, 각오를 하십시오. 그러나 희망은 버리지 마세요. 트로이의 왕비 헤큐버는 자기 아들을 죽인 트라키아의 폭군의 아들들을 그의 진영에서 무찌르게 한, 그 신랄한 복수의 기회를 준 신들이, 고드의 여왕 전하께 ——아니 지금은 지난 이야기, 고드인도 아니고 타모라 여왕 전하도 아니지만, 타모라에게 반드시 복수의 기회를 주실 겁니다.

　　루시어스, 퀸터스, 마시어스, 뮤시어스 각각 피묻은 칼을 들고 등장.

루시어스　아버지, 로마의 의식 그대로 집행했습니다! 알라버스의 사지는 모두 토막을 냈으며, 내장은 제물을 바치는 불길 속에 집어넣었습니다. 그 연기는 향기를 피우듯 하늘까지 퍼졌습니다. 이제 할 일은 형제들을 매장한 후, 나팔을 드높이 불어, 그 귀국을 환영하는 일만이 남았습니다.

타이터스 그렇게 하여라. 난 그들의 혼령에 마지막 고별사를 하겠다.

나팔 취주. 관이 무덤에 안치된다.

내 아들들아, 평화와 영광 속에 고이 잠들라. 로마를 위해 기꺼이 목숨을 바친 용사들아, 속세의 우연과 불운의 굴레를 벗어나 여기에 평화롭게 잠들라! 여기엔 역모도 악의도 들끓지 않으며 무서운 독초도 자라지 않고 폭풍도 휘몰아치지 않으며 시끄러운 소리도 없다. 오직 적막과 영원한 잠만이 있을 뿐이다. 내 아들들아, 평화와 영광 속에 편히 잠들라!

라비니어 등장.

라비니어 평화와 영광 가운데 장수무강하소서, 타이터스 장군님! 타이터스 장군님, 아버지, 명예가 영원히 빛나시길 축원합니다! 보십시오, 저는 오빠들의 명복을 빌며 이렇게 무덤에 눈물을 뿌립니다. 그리고 아버지 앞에 무릎 꿇고, 아버지가 로마로 개선하여 돌아오심을 축복하여 이 땅에 기쁨의 눈물을 흘립니다. 아아, 로마의 모든 시민들이 찬양하는 아버지의 승리로 빛나는 그 손으로 저를 축복하여 주십시오!

타이터스 친절한 로마여, 넌 이 늙은 사람의 마음을 위로해 주려고 이렇게 깊은 애정을 지녀 왔구나! 라비니어야, 이 아버지보다 더, 그리고 영원한 명성보다 더 오래 살며 숙덕 높은 여성이 되어라!

마커스 앤드러니커스와 다른 호민관들 등장. 새터나이너스와 배시에이너스 및 기타 등장.

마커스 타이터스 장군 만세, 나의 경애하는 형님, 로마의 국민이 우러러보는 위대한 개선 장군!

타이터스 고맙다, 호민관, 나의 동생 마커스.

마커스 살아서 개선한 조카들, 환영한다. 또 명예롭게 잠든 너희들도! 귀족 여러분, 이번에 조국을 위해 칼을 뽑고 이바지한 여러분의 공적은 다같이 위대합니다. 그러나 이 성대한 장례식을 마치고 죽어서 비로소 얻게 된다는 솔로몬의 행복에 도달하고, 명예의 침상에 누워 영원한 승리를 얻게 된 사람이야말로 가장 위대한 승리자올습니다. 타이터스 앤드러니커스 장군, 장군은 항상 정의를 수호해 온 로마 시민의 벗이었습니다. 그래서 그들은 호민관인 나에게 전권을 위임하여 장군에게 이 순백하고 정결한 백의를 바치게 합니다. 그리고 여기 선왕의 왕자들과 보위를 계승받을 후보자의 한 분으로 장군을 지명한 것입니다. 그러하오니 이 백의를 입으시고, 후보자가 되어, 머리 없는 로마에 머리를 달아 주도록 진력해 주십시오.

타이터스 영광으로 빛나는 로마의 체구에는 늙고 유약한 머리보다는 더 좋은 머리가 필요하오. 내가 왜 이 옷을 몸에 걸치고 여러분께 폐를 끼쳐야 하오? 설사 오늘 선출되어 보위에 등극하더라도 내일은 대권을 버리고 이 세상을 하직하게 될지도 모르니 또 여러분에게 새로이 수고를 끼치게 되는 게 아니겠습니까? 로마여, 난 오늘까지 사십 년간, 그대의 군인으로서 나라의 병력을 이끌고 충성을 다해 왔으며, 싸움터에 스물한 명의 용감한 아들들을 장사지냈습니다. 모두가 전장(戰場)에서 기사가 되어 용맹스럽게 무기를 들어 그들의 조국을 위해 전사했습니다. 이 늙은이가 바라는 것은 명예의 지팡이요, 세상을 다스리는 왕의 홀이 아니외다. 귀족 여러분, 그 홀을 훌륭히 간직하신 분은 바로 선왕이셨습니다.

마커스 타이터스 장군, 장군께서 요구하시면 왕위는 형님의 것입니다.

새터나이너스 오만하고 야망에 찬 호민관, 감히 그런 말을 뱉다니!

타이터스 고정하십시오, 새터나이너스 왕자 전하.

새터나이너스 로마 국민이여, 나의 권리를 인정해 주오! 귀족 여러분, 칼을 뽑으시오, 이 새터나이너스가 로마 황제가 될 때까지는 그 칼을 칼집에 다시 꽂지 말아 주오. 앤드러니커스, 당신은 민심을 나로부터 훔쳐가다니 차라리 지옥으로 떨어져 버려야 한다!

루시어스 오만한 새터나이너스 왕자, 고결한 타이터스 장군께선 전하를 위하고 계시는데 그게 무슨 말씀이오!

타이터스 왕자 전하, 심려 마십시오! 민심이 왕자님께 되돌아가도록 신명을 다하겠습니다.

배시에이너스 앤드러니커스 장군, 난 장군께 아첨을 하는 것이 아니라 장군을 존경하고 있으니 죽을 때까지 경의를 표할 것이오. 만일 장군이 친구분들과 함께 나의 편에서 도와 주신다면 크게 감사드리겠습니다. 고결한 분에겐 감사야말로 명예로운 보상이 아니겠습니까?

타이터스 로마 국민 여러분, 그리고 이곳에 계신 호민관 여러분, 어러분들의 발언권과 추천권을, 이 앤드러니커스에게 일임하도록 해주실 수 없겠습니까?

호민관들 앤드러니커스 장군을 만족시켜 드리고, 또 장군이 로마로 무사히 개선하심을 축하하기 위해서 우리 로마 국민은 장군이 추천하는 분을 모두가 승인할 것입니다.

타이터스 호민관 여러분, 고맙습니다. 이제 여러분께 부탁드리겠습니다, 선왕의 장자 새터나이너스 전하를 곤위(坤位)에 오르시게 해주십시오. 왕자님의 인후한 덕은 태양신의 빛이 지구를 비추듯이 로마 방방곡곡을 밝히고 이 로마 제국을 비추어 이 공화국에 올바른 정사를 성숙시켜 주실 것입니다. 여러분이 나의 권고로 선출해 주신다면 왕자 전하께 왕관을 씌워 드리고, "새터나이너스 황제 폐하 만세!"라고 환호성을 올려 주십시오.

마커스 귀족도 평민도 각 계층 모두 다같이 소리를 모으고, 박수를 쳐 왕자 전하를 로마 황제로 모시며 이구동성으로 환호합니다, "새터나이너스 황제 폐하 만세!"라고 말입니다. (그들이 내려올 때까지 나팔 소리가 오래 계속된다)

새터나이너스 타이터스 앤드러니커스 장군, 장군이 내게 베풀어 준 호의로 오늘의 선거에서 나는 황제가 되었소. 지금은 다만 감사하다는 말로 그 호의의 몇 분의 일이라도 갚기로 하겠으며, 앞으론 행동으로써 장군의 은혜에 보답하겠소. 우선 그 시작으로 장군의 이름과 가문을 가일층 높여 주기 위해, 라비니어를 내 황후로 맞이하겠소. 로마 황제의 황후로, 내 마음의 아내로 맞이하고저, 신성한 신전(神殿) 판테온에서 혼례를 올리겠소. 앤드러니커스 장군, 어떻게 생각하오, 나의 제의를?

타이터스　폐하, 황공하나이다. 소신의 딸을 황후로 삼아 주신다니 큰 광영이옵니다. 이제 로마 국민들이 지켜보는 가운데 우리 공화국의 황제요 통솔자이시며, 전세계의 황제이신 새터나이너스 황제께 소신의 칼, 소신의 전차, 소신의 포로들을 진상하겠습니다. 이것들은 로마 황제께 진상해도 조금도 부끄럽지 않은 것들입니다. 소신의 명예의 표시인 이 선물들을 바치오니 수납하여 주십시오.

새터나이너스　고맙소, 내 목숨의 아버지인 고결한 타이터스 장군! 내가 얼마나 장군을, 그리고 장군의 선물을 존중하는지 로마의 기록에 남겨 놓겠소. 만일 내가 필설로써도 표현할 수 없는 이 은혜를 조금이라도 잊는다면, 로마 국민 여러분, 여러분도 나에 대한 충성을 잊어도 좋소.

타이터스　(타모라에게) 한데, 여왕, 당신은 이제 황제의 포로요, 황제 폐하께선 당신의 명예와 신분을 참작해 당신과 당신의 부하들을 후대할 것이오.

새터나이너스　(방백) 아름다운 여자다, 새로 택한다면 저 여잘 정하고 싶을 만큼 미색이다 ── (타모라에게) 여왕이여, 패전으로 비록 불행한 몸이 되기야 했지만 수심에 가득찬 표정을 펴시오. 당신을 로마로 데리고 오긴 했지만 결코 모욕을 가하지는 않을 거요. 여왕에게는 매사에 왕족답게 대우할 것이오. 나의 말을 믿고 결코 절망하지 마시오. 당신을 위로하는 사람은 당신을 고드족의 여왕 이상으로 만들 수 있는 사람이오——라비니어, 내가 이렇게 말한다고 해서 불쾌하게 생각하는 건 아니겠지?

라비니어 예, 지존의 신분으로서 그러한 말씀은 여성에 대한 황제다우신 예도라고 사료됩니다.

새터나이너스 고맙소, 사랑스러운 라비니어. 로마 국민들이여, 자, 갑시다. 보상금은 받지 않고 포로들을 석방한다. 경들이여 나팔을 불고, 북을 쳐서, 나의 영예를 온 천하에 알리시오. (앞에 서서 몇 발자국 걸어간다)

배시에이너스 (라비니어를 잡으며) 타이터스 장군, 미안하지만 이 아가씬 내 것이오.

타이터스 뭐라고요! 진심으로 하시는 말이오?

배시에이너스 물론 진심이오, 타이터스 장군. 이 결의는 변하지 않을 것이오, 내게는 그만한 이유와 권리가 있으니까.

마커스 '자기 것은 자기 것으로' 바로 이것이 로마의 계율입니다. 전하가 로마 계율에 따라 자기 것을 차지한 것뿐입니다.

루시어스 그렇소, 그렇게 될 겁니다. 이 루시어스가 살아 있는 한, 꼭 그렇게 될 겁니다.

타이터스 물러가라, 역모꾼아! 황제의 호위병은 없는가? 폐하, 역모입니다! 라비니어를 강탈당했습니다!

새터나이너스 강탈! 누구에게?

배시에이너스 약혼자가 데리고 가는 거다. 어디로 데려

가든 상관 말라. (마커스와 배시에이너스는 라비니어를 데리고 퇴장)

뮤시어스 형님들은 동생을 데리고 가도록 해줘요. 난 이 칼로 이 문을 지키겠소. (루시어스, 퀸터스, 마시어스 퇴장)

타이터스 폐하, 뒤에 오십시오. 딸은 곧 데리고 오겠습니다.

뮤시어스 아버지, 이곳은 통과할 수 없습니다.

타이터스 뭐야, 건방진 놈! 날 막아, 로마에서? (뮤시어스를 죽인다)

뮤시어스 살려 줘요, 루시어스, 살려 줘! (죽는다. 소란이 벌어지는 동안 새터나이너스, 타모라, 디미트리어스, 카이론, 아론 퇴장)

루시어스 다시 등장.

루시어스 아버지, 이건 부당합니다. 아니 부당 이상입니다. 부정한 사유로 자식을 죽이다니.

타이터스 너도 그놈도 내 자식이 아니다. 내 자식이라면 이 아비에게 그렇게 모욕을 주지는 않을 거다. 반역자야, 라비니어를 황제에게 돌려드려라.

루시어스 죽은 몸이라도 좋다면 돌려드리겠습니다만 어쨌든 왕비가 될 수는 없습니다. 누이동생에게는 정당하게 결혼을 약속한 사람이 있습니다. (퇴장)

새터나이너스 그만두시오, 타이터스 장군, 필요없소. 황제에겐 그 여자가 필요없소, 그 여자도 장군도, 장군 권속들도 다 필요없소. 날 우롱한 자를 난 절대로 믿지 않소. 장군이나, 오만한 역모자인 장군의 아들들을 내 믿지 않을 거요. 당신네는 모두 한패가 되어서 날 이렇듯 모욕하고 있으니. 로마 천지에서 조롱의 대상이 새터나이너스밖에는 없단 말이오? 앤드러니커스, 이번의 이 발칙한 소행머리는 내가 애원한 나머지 장군이 도와 준 덕택으로 왕위에 오르게 됐다고 큰소리치는 것이니 그 오만한 말투가 잘 맞아떨어지는군.

타이터스 오, 기가 막힙니다! 너무나 당치 않은 비난이십니다.

새터나이너스 마음대로 하오! 그 경망한 계집은 칼을 휘두르며 데려간 그놈에게 줘버리오. 용감한 사위를 맞이하게 돼 기쁘겠군. 그깐 장군의 난폭한 아들들과 싸워서, 로마를 소란하게 하기엔 가장 알맞는 놈이오.

타이터스 말씀 한마디 한마디가 가슴을 난도질하는 칼날 같습니다.

새터나이너스 그래 이렇게 된 바이니 아름다운 타모라여, 여성들에게 둘러싸인 당당한 달의 여신 포이베처럼, 로마 미녀들의 빛을 빼앗는 고드의 여왕이여, 갑작스런 선택인지 모르겠지만 당신만 좋다면 난 당신을 신부로 맞이해 로마의 황후로 삼고 싶소. 찬성을 하시겠소, 고드의 여왕이여, 내 선택에 이의는 없으시오? 로마의 제신들께 두고 나는 맹세하오. 마침 신관과 성수가 곁에 있고, 촛불도 빛나고, 결혼의 신, 하이멘을 영접할 만반의 준비는 되어 있으니. 나는 이 신부와 혼례식을 마치고, 신부의 손을 잡고 나가기 전에는, 절대로 로마의 거리에 나서지 않으리다. 궁정에도 들어가지 않을 작정이다.

타모라   저도 신 앞에서 로마에 맹세합니다. 만일 새터나이너스 황제가 고드 여왕을 왕비로 삼으신다면 전 황제의 시녀가 되어, 그분의 뜻을 받들 것이며 또한 젊으신 황제의 유모가 되고, 어머니도 되어 수발을 들겠습니다.

새터나이너스   자, 아름다운 여왕, 그럼 만신전으로 갑시다. 경들도 황제와 아름다운 신부를 따라 같이 갑시다. 하늘이 황제 새터나이너스에게 보내 주신 신부요. 신부는 현명함으로 이 행운을 얻은 것이오. 만신전에서 혼례의식을 마치겠소. (타이터스만 남고 모두 퇴장)

타이터스   나에게는 혼례식에 참석하라고도 하지 않는구나. 타이터스, 이처럼 모욕을 당하고 억울한 얘기를 듣고 홀로 거리에 남겨진 일이 있었던가?

마커스, 루시어스, 퀸터스 및 마시어스 다시 등장.

마커스   오, 타이터스 형님, 이게 어찌된 일입니까! 명예롭지 못한 다툼에서 훌륭한 아들을 죽이시다니.

타이터스   이 우매한 호민관, 무슨 소릴 지껄이는가! 내 아들이 아니다. 너도, 그들도 한통속이 되어 가문에 먹칠을 한 놈들은 내 핏줄이 아니다. 치욕을 안겨 준 자는 내 동생도 아니다, 내 아들도 아니다!

루시어스   그렇지만 뮤시어스의 장례식은 격식에 맞게 치러 주세요, 형제들 곁에 묻히도록 해주세요.

타이터스   배신자들아, 썩 물러가라! 그놈을 이 무덤에서 잠들게 할 순 없다. 이 종묘는 오백년이나 된 것을 내가 재건하여 이렇게 훌륭하게 단장해 놓은 거다. 이 안에는 로마를 위해 충성을 다한 명예로운 용사 이외엔 아무도 안식할 수 없다. 비열하게 싸우다 죽은 놈은 안돼. 어디든 갖다 묻어라, 이곳은 안된다.

마커스 형님, 그건 신을 욕하는 말씀입니다. 내 조카 뮤시어스는 공적이 크고도 남습니다. 반드시 형제들 곁에 묻어 줘야 됩니다.

퀸터스 ⎫ 꼭 그렇게 해야 합니다. 그렇지 않으면 우리
마시어스 ⎭ 도 그의 뒤를 따르겠습니다.

타이터스 뭐, 꼭이라고! 어떤 악당이 그런 소릴 하는 거냐?

퀸터스 이곳이 아니라면 어디서든 큰소리 칠 만한 사람이 말한 것입니다.

타이터스 뭣이 어쩌고 어째! 이 아비의 말을 거역해서라도 이곳에 묻겠다는 거냐?

마커스 형님, 그런 것이 아닙니다. 뮤시어스를 용서하시고, 이곳에 묻게 해주십사 하고 애원하는 겁니다.

타이터스 마커스, 너마저 내 머리를 내리치고 이 풋내기 같은 놈들과 어울려 내 명예에 상처를 냈다. 너희들은 모두 내 원수다, 더이상 귀찮게 굴지 말고 물러가라.

마시어스 아버지께선 제정신이 아니시다. 물러가자.

퀸터스 난 싫다. 뮤시어스를 묻을 때까진. (마커스와 타이터스의 아들들 무릎을 꿇는다)

마커스 형님, 이라고 부르며, 일가붙이가 호소합니다 ──

퀸터스 아버지, 라고 부르며, 아버지 정에 간청합니다 ──

타이터스 더이상 말하지 말라, 모두 그런다 해도 소용없는 일.

마커스 제 영혼보다 더 소중하신 형님 ──

루시어스 우리 모두의 영혼이며 심신의 근본이신 아버지 ──

마커스 제발, 동생인 이 마커스가 저 훌륭한 조카를, 이곳 충혼들이 잠자고 있는 무덤에 매장하는 것을 허락해 주십시오. 조카는 라비니어가 정조를 지키도록 하기 위해 죽은 것입니다. 형님은 로마인이지 야만인은 아닙니다. 그리스 사람들은 자살한 에이잭스의 매장을 일단은 거절했지만 현명한 율리시즈가 간절히 변론하자 재고하여 매장했다지 않았습니까. 그러니 형님의 즐거움이었고, 젊어서 죽은 뮤시어스를 이곳에 묻는 것을 막지 마십시오.

타이터스 일어서라, 마커스, 일어서. (그들 일어선다) 로마에서 내 자식한테 모욕을 당하다니, 오늘처럼 이렇게 우울한 날은 없었다! 좋다, 묻어라, 그리고 다음에는 날 묻어다오. (그들 뮤시어스의 시체를 묘에 넣는다)

루시어스 사랑하는 뮤시어스, 형제들과 함께 고이 잠들라, 곧 여러 기념품으로 너의 무덤을 장식해 주겠다.

일동 (무릎을 꿇고) 훌륭한 뮤시어스를 위해 우리 모두 눈물을 흘리지 말자. 대의명분을 위해 죽은 사람은 영예 속에 영원히 살아남을 것이다.

마커스 형님, 이 우울한 기분에서 빠져나오려고 질문하는 것입니다만, 어떻게 고드족의 교활한 여왕이 갑자기 황후가 됐습니까?

타이터스 마커스, 나도 모르긴 하지만 그건 사실이다. 무슨 책략이 있는 건지 아닌지는 하늘만이 아실 것이다. 그런 행운을 얻게 된 건 필경 그녀를 이리 데리고 온 자의 덕택이 아니겠느냐. 그러니 그녀는 그 사람에게 보답할 것이다.

나팔의 화려한 취주. 한쪽 문으로 황제 새터나이너스, 타모라, 그녀의 두 아들인 디미트리어스와 카이론, 그리고 무어인 아론이 같이 등장. 다른 쪽에서 배시에이너스, 라비니어, 기타 등장.

새터나이너스 배시에이너스, 너는 경기에 이기고 상품도 손에 넣었구나. 신이 아름다운 신부를 아무쪼록 사랑해 주도록 할 것이다.

배시에이너스 폐하도 그러시기 바랍니다! 더 이상 아뢸 것도, 바랄 것도 없으니 이만 물러가겠습니다.

새터나이너스 이 역적아, 로마에 법이 있고, 나에게 권력이 있는 한, 너와 네 무리들은 이 강간을 후회할 것이다.

배시에이너스 강간이라고요? 혼약을 맺었던 애인을 지금은 이미 나의 아내인 여자를 데리고 간 것뿐이오. 로마의 법이 흑백을 가려 줄 것입니다. 그때까지는 나의 것은 나의 것입니다.

새터나이너스 좋다. 과인에게 몹시 무엄하다. 과인이 살아 있는 한 앞으로 너를 엄히 다스릴 터이니 그리 알라.

배시에이너스 폐하, 제가 한 일에 대해서는 최선을 다해, 목숨을 걸고라도 책임지겠습니다. 다만 이것만은 아뢰겠습니다. 로마에 대한 저의 모든 의무를 걸고 맹세합니다만 여기 계신 고결한 타이터스 장군께선 라비니어를 구출하고자 자기 손으로 막내아들을 죽였으며 부당하게 명성과 명예를 모욕당하고 말았습니다. 하지만 그것은 모두 폐하에 대한 충성심에서입니다, 기꺼이 진상한 것이 가로채이자 분격해서 한 일입니다. 국왕 폐하, 바라옵건대 그분을 우대하여 주십시오. 그분은 폐하와 로마에 대해서는 아버지요, 친구임을 행동으로 보여 주신 분입니다.

타이터스 배시에이너스 전하, 소신의 행동에 대한 변호는 그만두십시오. 소신을 모욕한 것은 전하와 그놈들입니다. 로마와 공정한 신들이 소신의 폐하에 대한 충성과 존경을 판단하여 줄 겁니다!

타모라 폐하, 만일 폐하께서 이 타모라를 어여삐 여겨 주신다면 이곳에 있는 여러분들을 위해 공평하게 말씀드리고자 합니다. 지난 일은 제발 용서하여 주시기를 간청드립니다.

새터나이너스 여왕, 무슨 말씀이오! 공석상에서 모욕을 당하고도, 복수도 하지 않고 비굴하게 인내하란 말이오?

타모라 폐하, 그런 말씀이 아닙니다. 로마의 여러 신들께서도 아십니다, 폐하께 굴욕을 참으시라고 권한 것이 아닙니다! 소신이 명예를 걸고 저 선량한 타이터스 장군의 결백함을 감히 아뢰올 뿐입니다. 장군의 진실한 격분이 그 비탄을 이야기해 주고 있습니다. 간청하오니 그분을 인자하게 대하여 주십시오. 공연한 상상으로 그처럼 올곧고 훌륭한 분을 잃지 마십시오. 진노하신 용안으로 그분의 부드러운 마음을 괴롭히지 마십시오. (새터나이너스에게 방백) 폐하, 지금은 소신의 진언대로 하시고, 최후에 승리를 거두십시오. 원한도 불만도 모두 가슴 속에 묻어 두셔야 합니다. 폐하께서 보위에 오르신 지 얼마 안 되니까요. 따라서 평민도 귀족도 이 사태를 공평하게 관찰하고, 타이터스의 편이 되어 로마 사람들이 큰 죄악으로 알고 있는 배은망덕이라고 트집잡아 폐위케 할지도 모릅니다. 탄원을 하거든 윤허해 주시고, 뒷일은 신첩이 맡게 해주십시오. 언젠가는 저들 무리들을 모조리 작살내고, 그들의 당파도 그의 권속들도 없애 버리겠습니다. 신첩의 아들을 살려 달라고 간청하였는데도, 죽이게 한 잔혹한 아비와 역적인 아들들도 모두 죽여 버리겠습니다. 일국의 여왕이 거리에서 무릎을 꿇고, 간청한 것을 들어 주지 않은 보답이 무엇인지를 깨닫게 해주겠습니다 —— (큰 소리로) 자, 폐하 —— 자, 앤드러니커스 —— (새터나이너스에게) 폐하의 태풍 같은 진노에 찬 얼굴을 보고서 괴로워하는 저 선량한 노인을 일으켜 위로하여 주십시오.

새터나이너스 일어서시오, 타이터스, 일어서시오! 황후의 탄원이니, 용서해 주리다.

타이터스 폐하와 황후 전하께 감사드립니다. 폐하의 말씀과 용안에 소신은 소생한 것만 같습니다.

타모라 타이터스 장군, 난 오늘부터 로마인이 되었으니 로마와 일심동체가 되겠습니다. 폐하를 위해 충언을 해드려야 하겠습니다. 앤드러니커스 장군, 모든 다툼은 오늘로써 끝나야 됩니다. 폐하, 부디 폐하와 친구들 사이를 화합시킨 것을 신첩의 명예스러운 일로 여겨 주십시오. 배시에이너스 전하, 당신께서도 폐하께 온유하고 유순하게 되신다고 신첩이 약속을 드렸으니 그렇게 이행해 주시기 바랍니다. 그리고 귀족 여러분도 절대로 심려 마십시오, 그리고 라비니어 당신도. 여러분께 충고하겠습니다, 모두들 공손히 무릎을 꿇고 폐하께 용서를 구하십시오.

루시어스 우리 모두 그렇게 거행하겠습니다. 그리고 저희들의 행위는 다만 누이동생과 저희들의 명예를 위해서, 어디까지나 점잖게 행동한 것임을 신들과 폐하께 맹세합니다.

마커스 저도 그 점은 명예를 걸고 주장합니다.

새터나이너스 물러가라, 말문을 열지 말라. 신물이 난다.

타모라 아니 되옵니다, 아니 되옵니다, 폐하, 우린 다같이 화합을 해야 됩니다. 호민관과 그의 조카들이 무릎을 꿇고 용서를 빌고 있습니다. 소신의 말을 들어 주십시오. 폐하, 뒤돌아봐 주십시오.

새터나이너스 마커스, 당신을 위해, 또 여기 있는 당신의 형을 위해, 그리고 내 사랑하는 타모라의 탄원도 있으니 이 젊은이들의 대죄를 용서하리라. 일어서라. 라비니어, 너는 날 시골뜨기 취급을 하여 나를 버렸지만, 나는 다행히도 생의 반려자를 얻게 되었다. 그리고 신관에게 절대로 독신으로 돌아가지 않겠다고 맹세도 하였다. 자, 로마 황제의 궁정이 두 신부를 맞이하게 된다면, 라비니어, 그대와 그대의 친구들을 모두 나의 빈객(賓客)으로 맞이하리라. 타모라, 오늘 하루를 사랑의 날로 삼읍시다.

타이터스 폐하께서 원하신다면, 내일 표범과 사슴 사냥을 나가시면 어떻겠습니까? 소신들이 뿔나팔과 사냥개를 준

비하고서, 아침에 폐하를 모시러 오겠습니다.

　　새터나이너스　타이터스 장군, 좋은 생각이오, 고맙게 생각하오. (나팔의 취주. 아론만 제외하고 모두 퇴장)

제 2 막

새끼 호랑이가 어미 호랑이를 가르쳤다는
얘기가 있었던가요? 당신 어머니한테 역정을 가르칠
필요는 없어요! 당신 어머니가 당신께
가르쳐 준 것이니 말예요.
—3장 라비니어의 대사 중에서

제1장   로마. 궁전 앞

아론 등장.

아론   이제 타모라는 운명의 여신의 화살도, 또 뇌성벽력이 번뜩이는 번갯불도 닿지 않는 올림퍼스 산꼭대기까지 올라가 창백한 질투의 위협 같은 건 미치지도 않는 높은 곳에 앉아 있다. 새벽 눈부신 태양이 동쪽 하늘에 떠올라, 광막한 바다를 황금빛으로 물들게 하고, 찬란한 마차를 타고 하늘을 향해 달려올라가 구름 높이 솟은 산들을 내려다보는 것이 타모라이다. 지상의 영예는 모두 그녀의 지혜를 받들고 있고, 미덕도 그녀가 눈살을 찌푸리면 허리를 굽히고 벌벌 떤다. 그러니 아론, 너도 마음을 단단히 먹고 생각을 조화시켜 황후와 같은 높이까지 올라가야 된다. 내가 오랫동안 그 마음을 정복하여 애욕의 쇠사슬로 묶어 포로로 삼아 온 여자가 아닌가. 그리고 아론의 매력적인 눈길에 묶여 온 것은 프로메테우스가 코카서스의 바위에 묶여 있는 것 이상으로 강인하다. 노예옷과 비굴한 근성은 패대기쳐 버리자! 진주와 금으로 화려하고 빛나게 차려입고 새 황후를 보필할 테다. 뭐, 보필한다? 아냐, 바람을 피우는 거다. 이 왕비, 이 여신, 이 세미라미스, 이 요정, 로마 황제인 새터나이너스를 매혹하여, 그자도 공화국도 난파시킬 저 인어하고 말이다. 아! 뭐지, 이 요란한 소리는?

카이론과 디미트리어스 서로 다투면서 등장.

디미트리어스 카이론, 넌 애송이라서 분별이 없어. 분별이 있다 하더라도 미욱해. 내가 소중히 대접받고 있고, 나를 좋아하게 된 줄도 알면서 그 사이에 끼여 들다니 무례하구나.

카이론 디미트리어스, 형은 매사에 잘난 체만 한단 말야, 이 일에도 날 어거지 힘으로 누를 꿍꿍이셈이지. 나이가 한두 살 차이 난다고 내가 형보다 못났고 형만이 행운을 잡는 그런 일은 있을 수 없단 말야. 나도 그녀에게 사랑을 받고 사랑을 받을 만한 형 못지 않은 능력과 매력도 가지고 있어. 그래 이 칼로 승부를 지어 보자고, 내가 얼마나 라비니어를 사랑하고 있는가를 보여 주겠어.

아론 (방백) 큰일났는걸, 큰일났어! 저들 두 사람 사이에 여자 때문에 대판 싸움이 벌어질 것 같다.

디미트리어스 아니, 이놈 봐라, 어머니가 어쩌다 무도용 칼을 허리에 달아 주었다고 피붙이에게까지 덤벼들 정도로 망나니가 되었느냐? 이놈아! 나무칼을 칼집에 도로 넣어 아교로 봉해 둬라. 칼쓰는 법을 좀더 알 때까지 말야.

카이론 야, 지금은 미숙한 칼솜씨지만 형 정도라면 충분히 본떼를 보여 주지.

디미트리어스 이놈아, 정말 붙어 볼래? (그들 칼을 뽑는다)

아론 (헤치고 들어가서) 아니, 두 사람 다 어찌된 일이오! 바로 궁전 옆에서 칼을 뽑아들고, 뻔뻔스럽게 결투를 벌이겠다는 거요? 어째서 싸우려는지 나도 잘 알고 있소이다만 나야 백만금을 받는다 해도 이 일을 관계자들에게 알려주고 싶은 일이 아니잖소. 더욱이 로마 궁정에서 알게 되는 날이면, 어머님의 창피는 이만저만이 아닐 거요. 큰 수치니, 칼을 거두시오.

디미트리어스   난 거둘 수 없어, 이 칼을 저놈의 가슴팍에 꽂아 넣고 지금 내게 한 무례한 욕지거리를 저놈의 목구멍 속에다가 쑤셔 넣을 때까진.

카이론   단단히 각오하고 기다리고 있다고. 말로만 큰 소리 치고, 무기를 잡으면 끽 소리도 못하는 비겁자 주제에.

아론   그만들 두시오! 용맹한 고드족이 경배하는 신에 두고 말하거니와 이 시시한 싸움으로 해서 우린 모두 망하고 말 거요. 당신네들은 로마 황족의 권리를 유린한다는 것이 얼마나 위태로운지를 모르고 있소? 라비니어가 그렇게 타락했단 말이오? 배시에이너스가 평민으로 타락했단 말이오? 그래서 그 여자 일로 이렇게 칼부림을 해도 문책도 처벌도 복수도 없을 거란 말이오? 왕자님들 조심하오! 이 얘기가 황후의 귀에 들어간다면 칼 부딪히는 소릴 음악으로 들으시진 않을 것이오.

카이론   어머니가 알든 온 세상이 알든 상관없어. 난 온 세상보다도 라비니어를 훨씬 더 사랑하고 있으니까.

디미트리어스   풋내기야, 여잘 고르더라도 네 주제에 맞게 좀 천한 여잘 골라라. 라비니어는 네 형님이 희망하는 여자다.

아론   원, 정신이 어떻게 되었소? 로마인이 얼마나 성미가 급하고 화를 발끈내며 특히 연적에 대해선 인정사정없다는 걸 모르시오? 알아들어요, 왕자님? 이러시는 건 스스로 자기 무덤을 파는 격입니다.

카이론 아론 씨, 사랑하는 여잘 손에 넣기 위해선 천번 죽어도 좋소.

아론 그 여자를 손에 넣다니요! 어떻게요?

디미트리어스 왜 그렇게 이상하게 생각하는 거요? 그 여잔 여자죠, 그러니까 구애할 수 있고, 그 여잔 여자죠, 그러니까 내 손아귀에 넣을 수 있고, 그 여잔 라비니어죠, 그러니까 사랑하지 않을 수 없단 말예요. 이봐요! 물방앗간 물은 물방앗간 주인 모르게 얼마든지 흐르고 있어요. 큰 빵에서 한쪽의 작은 빵을 훔쳐내는 건 쉬운 일이오. 그야 배시에이너스가 황제의 동생이라고 하지만, 그건 문제될 게 없어요. 그놈보다 더 지혜가 높은 놈도 오쟁이를 지고 이마에 뿔이 돋친 자가 얼마든지 있소.

아론 (방백) 하긴 그렇군, 새터나이너스도 조만간 그 꼴이 될 거니까.

디미트리어스 그렇다면 달콤한 말로써, 빼어난 용모로써 또 좋은 선물로써 구애할 줄 아는 사람은 실망할 것 없소. 이봐요, 당신도 여러 번 암사슴을 쏘아죽여 사냥지기 코 앞을 쥐도 새도 모르게 지나오지 않았소?

아론 아암, 그렇다면, 좋은 기회만 있다면 한입에 집어삼키겠다는 것이오?

카이론 그렇소, 기회만 있다면야.

디미트리어스 아론, 당신이 꼭 알아맞혔소.

아론 왕자님들도 알아맞춰 줬으면 얼마나 좋겠소! 그러면 이따위 분란을 일으키지 않을 터인데. 자, 자, 내 말을 들어 보시오! 이런 일로 싸우는 건 우매한 짓이오. 두 분 다 소원을 이룬다면 그것도 기분 나쁜 일일까요?

카이론 천만에, 괜찮소.

디미트리어스 나도 한몫 낀다면 좋소.

아론 자, 부끄러운 일이니 싸우지 말고 화해하시오. 그리고 힘을 합쳐 소원을 성취해요. 눈독들인 여잘 손아귀에 넣으려면 권모술수가 필요하오. 원대로 안 될 땐 무슨 짓을 써서라도 내 것으로 만들기 위해 해치운다는 각오가 있어야 됩니다. 내 말 좀 들어 보시오. 정숙한 여인의 거울인 루크리스를 정복한 남자도 있는데 배시에이너스의 애인인 라비니어인들 별 수가 있겠소. 우물쭈물 주저할 것이 아니라 빨리 손을 써야 합니다. 내가 그 길을 알고 있소. 머지않아 큰 사냥이 있을 것이오. 그곳엔 로마의 아름다운 귀부인들이 모두 가게 돼 있소. 숲속은 넓고 넓어 사람들이 왕래하지 않는 곳이 얼마든지 있소. 강간이나 흉악한 짓을 범하기에는 바로 안성맞춤인 곳이오. 그곳으로 그 아름다운 암사슴을 몰아넣어 말로 듣지 않으면 폭력으로 해치우는 겁니다. 이 방법을 취해야지 별다른 길이 없어요. 자자, 우리의 계획을 전부 황후께 알려 드립시다. 아마 우리들의 계획이 이루어지도록 도와 주실 거요. 두 분이 다투지 않고 소원을 이루도록 말이오. 간계와 복수에 있어서는 황후의 지혜를 따를 사람이 없으니까. 당신들에게 고생시키지 않고 충분히 소원을 성취할 수 있도록 해줄 것이오. 황제의 궁정은 이른바 '풍문의 궁전'

같아서 궁전 전체에 혀가 있고 눈이 있고 귀가 있어요. 그러나 숲속은 냉혹하고 무정해서 무슨 짓을 해도 귀머거리에다 장님이오. 설득해 보다가 덮치어 번갈아서 맛보는 거요. 무성한 나무가 하늘을 가리고 있으니 대담하게 라비니어의 보물을 마음껏 향락하는 거요.

카이론 당신 계획을 따라도 비겁한 자가 되지는 않겠군.

디미트리어스 옳거나 그르거나 이 욕정의 불씨를 식혀 줄 빙하와 이 광기를 달래 줄 마법을 찾을 때까지 내 몸은 지옥의 불에 타는 심정이다. (모두 퇴장)

제 2 장   로마 부근의 숲속

뿔나팔 소리와 사냥개 짖어대는 소리가 들린다. 타이터스 앤드러니커스가 그의 세 아들과 동생 마커스와 함께 등장.

타이터스   사냥의 시작이다, 아침은 희끄무레 밝아오고, 들판은 향기로 가득 차고, 숲은 푸르다. 여기서 개를 풀어 짖게 하여, 황제와 그의 아름다우신 신부를 깨우자. 그리고 왕자님도 깨우고. 사냥꾼의 뿔나팔을 드높이 불어서 그 소리가 궁중을 떠나갈 듯이 들리게 하자. 아들들아, 황제를 잘 호위하여야 한다. 그것이 우리들의 책임이니까. 간밤에는 꿈자리가 사나워 뒤숭숭했는데 날이 새니 새 기운이 솟는다.

개 짖는 소리가 들리고, 뿔나팔 소리가 높이 울린다. 새터나이너스, 타모라, 배시에이너스, 라비니어, 카이론, 디미트리어스 및 시종들 등장.

황제 폐하, 소신 아침 문안드립니다. 황후 전하께도 문안드립니다. 약속대로 모시고자 사냥 나팔 소리로써 대령하였습니다.

새터나이너스   나팔 소리가 아주 대단하더군. 하나 신부들에겐 좀 이른 것이 아닌가?

배시에이너스   라비니어, 어떻소?

라비니어   전 괜찮아요. 두 시간도 전에 깨어 있었는 걸요.

새터나이너스 그럼, 떠납시다. 말과 차를 준비하라. 사냥
터로 출발이다. (타모라에게) 황후여, 이제부터 로마의 사냥
을 보여 주리다.

마커스 소신의 사냥개들은 아무리 오만스런 표범일지라
도 악착같이 추격합니다. 아무리 높은 산봉우리라도 달려 올
라갑니다.

타이터스 소신의 말은 도망치는 짐승을 끝까지 쫓습니
다. 벌판을 달릴 땐 마치 물찬 제비와도 같습니다.

디미트리어스 카이론, 우린 말이나 사냥개를 가지고 사
냥하는 게 아니야. 우린 아름다운 암사슴을 덮치는 거야.
(모두 퇴장)

제 3 장 숲속의 한적한 곳

아론 금화 자루를 가지고 등장.

아론 슬기있는 놈은 날 돌대가리라 하겠지, 이같이 많은 황금을 나무 그늘 밑에 묻어놓고 영영 썩힌다고 말야. 날 그처럼 모멸하는 놈들에게 가르쳐 주마, 이 황금은 어떤 책략에 쓰이기로 돼 있는 거라고. 그 계략만 멋지게 들어맞으면 기막힌 악행이 태어나게 돼. 그러니 귀여운 금화야, 이곳에서 조용히 쉬다가 (금화를 땅속에 묻는다) 황후의 금고 돈을 받아먹는 놈들이 오거든 치도곤을 먹여라.

타모라 등장.

타모라 사랑스런 아론, 왜 그렇게 슬픈 표정을 짓고 있어요? 삼라만상이 유쾌한 때에? 새들은 이 덤불 저 덤불에서 즐겁게 노래하고, 뱀은 양지 쪽에서 또아리를 틀고, 푸른 잎은 시원한 바람에 나부껴, 땅 위에 얼룩무늬 그림자를 드리우고 있잖아요. 아론, 이 상쾌한 나무 그늘에 앉아요. 수다떠는 산울림이 사냥개들을 조롱하여 마치 두 곳에서 사냥이 있는 것처럼, 아름다운 음색의 뿔나팔에 메아리치는 것을 들으면서 우리 쉬어요, 그리고 저 요란하게 짖어대는 사냥개 소리도 들으면서. 그 옛날 방랑 왕자 이니아스와 다이도 여왕이 운좋게 폭풍우를 만나, 사람들이 모르는 동굴 속에서 폭풍우를 피해 둘이서 즐겼을 거라고 상상되는 그 격투를 우리도 그와 같은 놀이를 마친 다음, 서로 품에 안겨 즐거운 잠에 잠기도록 해요. 그럼 개짖는 소리도, 뿔나팔 소리도, 아름다운 새소리도 유모가 어린 아기를 재울 때의 자장가로 들릴 거예요.

아론   황후 전하, 전하께선 비너스의 지배를 받아 정욕에 불타고 계시나, 이 몸은 새턴(암울한 신)의 지배를 받고 있습이다. 자 보세요, 죽은 사람같이 멍한 나의 눈, 말없고 어둡고 우울한 표정, 독사가 죽음의 일격을 가하려는 듯 또아리를 풀며 곤두선 양털 같던 나의 머리칼, 이것들은 도대체 무엇을 나타냅니까? 황후 전하, 절대로 색욕의 표시는 아닙니다. 내 가슴 속엔 복수심이 도사리고 있고, 나의 손아귀엔 죽음이 자리잡고 있으며, 머릿속엔 피비린내나는 피의 복수가 귀따갑게 울리고 있습니다. 내 영혼의 황후 타모라시여, 전하의 가슴 속에 깃들여 있는 천국 이상의 것은 절대로 바라지 않습니다. 오늘이야말로 배시에이너스의 죽음의 날입니다. 그자의 정부는 필로멜처럼 오늘 혀가 없어져야 합니다. 황후 전하의 왕자들이 그녀의 정조를 짓밟고 배시에이너스의 피로써 그들의 손을 씻는 날입니다. 이 밀서를 보실까요? 죽음의 계획이 담겨 있는 이 밀서를 황제께 드리십시오. 아무 말도 하지 마십시오. 우릴 본 것 같습니다. 저기 우리가 목숨을 노리고 있는 원수들이 오고 있습니다, 죽음이 턱밑에 있는 것도 모르고 말입니다.

배시에이너스와 라비니어 등장.

타모라   아, 사랑하는 무어인이여, 목숨보다 더 소중한 아론!

아론　그만하세요, 황후 전하. 배시에이너스가 옵니다. 저 자에게 시비를 거십시오. 난 왕자님들을 데리고 와서, 그 싸움을 뒷받침하지요. 어떠한 싸움이건 상관없습니다. (퇴장)

배시에이너스　어떤 분인가 했더니 로마의 황후 전하이시 군요, 호위병도 없이 말입니다. 아니 황후의 옷차림을 한 다이아나 여신이, 오늘의 큰 사냥을 보려고 신성한 숲을 떠나서 이곳에 나타나기라도 하신 겁니까?

타모라　무엄하다, 조용히 혼자 산책하는데 무엇이 나쁘다는 건가! 내게도 다이아나 여신이 갖고 있는 신통력이 있다면 액티온처럼 당장 관자놀이에 사슴뿔이 돋을 것이고 그러면 사냥개들이 덤벼들어 당신의 사지를 물어뜯어 찢어갈 것이다, 이 무례한 침입자!

라비니어　황후 전하, 황송합니다만 전하께선 남자의 이마에 뿔을 돋게 하는 솜씨가 출중하다는 평판이옵니다. 그래서 그 무어인과 단둘이서 이곳에 남몰래 계신 것은 그 솜씨를 실험하고 계신 거라고 의심을 하는 자도 있습니다. 조브 신께서 오늘 황후 전하 남편이 사냥개의 눈에 띄지 않도록 지켜 주시면 좋겠어요! 뿔이 나면 숫사슴으로 알게 될 테니 불쌍한 일이 벌어지지 않겠어요.

배시에이너스　황후 전하, 저 검은 시메리아인 때문에 그놈의 피부색처럼 전하의 명예를 시커멓고 징글맞고 가증스럽게 물들이고 말았습니다. 만약에 도리에 어긋난 욕정 때문에 그러시는 게 아니면 무엇 때문에 수행원들을 떠나 눈과 같이 흰 백마에서 내려 이 으슥한 곳을 저 야만의 무어인만을 데리고 바장거리시는 건가요?

라비니어 재미가 한창일 때 방해를 했으니 제 주인을 무례한 사람이라고 욕하는 것도 당연하겠죠 ——여보, 저쪽으로 갑시다. 까마귀 빛깔의 애인과 즐기게 합시다. 이 골짜기는 그짓하기엔 안성맞춤인 걸요.

배시에이너스 형님이신 황제께서도 곧 이 사실을 알게 되실 거요.

라비니어 그래야지요, 이런 험절은 이미 소문이 파다한 걸요. 황제께서, 이런 어처구니없는 모욕을 당하시다니!

타모라 그래, 내가 이 정도의 모욕을 못 참을 줄 아느냐?

카이론과 디미트리어스 등장.

디미트리어스 황후 전하? 어머니시여! 어이하여 안색이 창백하고 핏기가 없으십니까?

타모라 아무런 이유도 없이 내 안색이 파리해질 리가 있겠니? 이 두 사람이 날 호젓하고 으시시한 이 골짜기로 끌어냈단다. 여름인데도 나무들은 이끼가 끼고 독이 있는 겨우살이에 덮여 바싹 여위고 햇빛이라곤 볼 수도 없단다. 밤의 올빼미와, 불길한 까마귀밖엔 살지 않는구나. 그리고 이들 두 사람이 이 무덤 속 같은 무서운 곳으로 날 데리고 와선 내게 이렇게 말하지 뭐니. 야반(夜牛)이 되면 천 마리나 되는 악마와 슈슈거리는 뱀들, 만 마리나 되는 퉁퉁 부은 두꺼비와 수많은 고슴도치들이 한데 모여 미친 듯이 무서운 소리를 지르니 누구를 막론하고 그 소릴 들으면 겁에 질려 바로 미쳐 버리거나 별안간 죽어 버린다는 거야. 그 무시무시한 말

56

을 하고선 날 저 으시시한 묘지 주목(朱木)에 묶어서, 비참하게 죽게 하겠다고 으름장을 놓았단다. 어디 그뿐이냐, 날 보고 간통한 간부라는 둥 색마 고드라는 둥 그밖에 차마 입에 담을 수 없는 갖은 욕을 퍼부었단다. 운이 좋게 너희들이 와주었으니 망정이지 그렇지 않았다면 저자들이 내게 그런 잔혹한 짓을 했을 거다. 이 어미의 목숨을 소중히 여긴다면 어미의 한을 풀어 다오, 그렇게 하지 못하면 너희들은 내 자식이 아니다.

디미트리어스　제가 어머니의 아들이라는 증거는 바로 이겁니다. (갑자기 배시에이너스를 찌른다)

카이론　이건 내 몫이다, 푹 찔러 힘을 시험해 보자. (그도 찌르고 배시에이너스는 죽는다) 내 힘이 어떠냐!

라비니어　아니, 이럴 수가, 세미라미스, 아니, 야만스런 계집 타모라야, 네년에겐 그 이름이 제일 알맞다!

타모라　그 단검을 이리 다오. 아들들아 보아라, 어미의 손이 어미에 대한 모욕을 씻는다.

디미트리어스　황후 전하, 잠깐만 기다리세요! 이 여자에겐 해줄 일이 더 있습니다. 먼저 낟알을 타작해 놓은 다음에 짚을 불살라야죠. 시건방진 이년이 정숙이니 부부의 맹세니 절개니 등을 코에 걸고 황후이신 어머니한테 큰 소리치며 대든 것입니다. 그런 계집을 그대로 무덤으로 보낼 순 없습니다.

카이론　내가 고자라면 모르되 그대로 놔둘 순 없습니다. 이 계집 서방놈을 으슥한 굴 속으로 끌고 가서, 그 시체를 베개삼아 육욕을 채워야지.

타모라 하지만 단꿀을 뺏은 다음에 이 말벌을 살려 두면 안 된다, 우릴 쏠 테니까.

카이론 심려 마세요, 황후 전하, 한치도 빈틈없이 해내겠습니다. 자, 마님, 이리 오너라. 오늘까지 소중히 지켜온 정조가 어떤지 완력으로 즐겨 볼까 한다.

라비니어 오오, 타모라! 여자의 얼굴을 가지고 있으면서 ──

타모라 이 계집의 말은 듣기도 싫다. 빨리 끌고 가라!

라비니어 두 분이시여, 어머님께 내 말을 한 마디만 들어 달라고 부탁해 줘요.

디미트리어스 황후 전하, 들어 주십시오. 이 여자의 눈물을 보시는 건 전하의 영예니까요. 그러나 아무리 눈물을 흘릴지라도 마음만은 부싯돌처럼 단단히 잡수셔야 합니다.

라비니어 새끼 호랑이가 어미 호랑이를 가르쳤다는 얘기가 있었던가요? 당신 어머니한테 역정을 가르칠 필요는 없어요! 당신 어머니가 당신께 가르쳐 준 것이니 말예요. 당신이 빨아먹은 젖은 단단한 대리석으로 변했어요. 젖꼭지를 물기 시작할 때부터 당신은 포악성이 몸에 배었어요. 그러나 같은 배에서 태어난 아들이라 해도, 모두 같은 건 아니죠. (카이론에게) 여보세요, 어머니에게 여자다운 동정을 해달라고 해주세요.

카이론 예끼, 날 사생아로 아는가?

라비니어 그렇군요, 까마귀는 종달새를 낳지 못하죠. 하지만 이런 옛 이야기가 있잖아요 ──아, 지금도 그런 일이 일어났으면 얼마나 좋겠어요! ──동물의 왕인 사자가 동정심에 감동하여 자기 발톱을 모두 잘라 버리게 했다고 합니다. 또 까마귀가 자기 새끼가 보금자리 안에서 굶주리고 있는데도, 사람이 내다버린 아기를 데려다 기른다고 하지 않습니까. 오, 내게 특별한 친절은 베풀지 못할망정 불쌍하다고는 생각해 주세요!

타모라 무슨 말을 하는지 알 수 없다. 냉큼 데리고 가라!

라비니어 그럼, 내가 가르쳐 드리죠! 나의 아버진 충분히 그럴 수 있었는데도 당신을 죽이지 않고 살려 주었어요. 그러니 아버지 생각을 해서라도, 그렇게 냉혹하게 굴지 마시고 닫은 귀 좀 열어 주세요.

타모라 물론 너에겐 원한이 없지만 너의 아비 생각을 하면 치가 떨린다. 애들아, 결코 잊어선 안 된다, 이 어미는 형이 희생되는 걸 살려내려고 눈물을 흘리며 애원을 했다. 그러나 그 흉폭한 앤드러니커스는 어미의 말을 도무지 들어 주지 않았다. 그러니 그 계집을 끌고 가서 너희들 마음대로 해라. 그 계집을 많이 혼내 줄수록 이 어미에게 효도를 다하는 거다.

라비니어 오, 타모라, 당신 손으로 날 이 자리에서 단칼에 죽여 주세요, 그렇게 하면 사람들은 당신을 어진 황후라고 부를 거예요! 내가 그처럼 애원하는 것은 내 목숨이 아니에요, 배시에이너스가 죽었을 때 나도 살해당하였으니까요.

타모라 그럼 무얼 해달라는 거지? 이 어리석은 계집아, 손을 놓아라.

라비니어 내 소원은 당장 죽는 거예요. 또 하나는 여자 입엔 담을 수 없는 일입니다. 오, 살해를 당하기 보다 더 끔찍하고 무서운 저 사람들의 정욕으로부터 나를 살려 주세요. 내 시신을 사람들 눈에 띄지 않는 더러운 구덩이 속에 내버려 주세요. 제발, 내 소원을 들어 주시어 자비로운 살인자가 되어 주세요.

타모라 그렇게 하면 내 아들들에게 헛수고만 끼치게 된다. 안 될 말이다, 내 아들들은 너에게서 육욕을 충족시켜야 한다.

디미트리어스 자, 가자! 너 때문에 너무 기다렸다.

라비니어 자비심도 없다는 건가? 여자다운 마음도 없단 말인가? 아, 짐승 같은 것! 전 여성의 수치이며, 원수다! 지옥으로 떨어질 것이다 ──

카이론 고약하다, 입을 틀어막아 줄 테다. 형님은 이년의 남편을 끌고 와요. 이 구멍이, 아론이 말한 시체를 감춰 두라는 곳이지. (디미트리어스가 배시에이너스의 시체를 가져다 구덩이에 팽개친다. 그리고서 카이론과 둘이 라비니어를 끌고 퇴장)

타모라 갔다오라, 아들들아. 계집을 잘 처리하여라. 앤드러니커스 권속들을 모조리 죽여 버릴 때까진 내 마음이 정말 즐거울 수가 없다. 자, 사랑하는 무어인을 찾아야지. 그 사이 색정에 불타오른 아들들은 그 잡년을 즐기도록 내버려 두자. (퇴장)

다른 쪽에서 아론이 타이터스의 두 아들, 퀸터스와 마시어스와 같이 등장.

아론   자, 이쪽입니다, 속히 오십시오. 표범이 깊이 잠들고 있는 것을 본 그 무시무시한 구덩이가 바로 여깁니다.

퀸터스   불길한 예감이 드는군, 어째 눈이 잘 보이질 않는구나.

마시어스   나도 그래요, 부끄러운 꼴이 되지 않는다면 사냥을 중지하고 한잠 잤으면 좋겠군. (구덩이에 빠진다)

퀸터스   아니, 빠졌어? 이건 위험한 구덩이가 아닌가? 위쪽은 무성한 찔레덤불로 덮여 있고 마치 꽃 위에 갓 맺힌 청초한 이슬처럼 잎에는 생피가 맺혀 있잖은가? 이봐, 동생, 떨어져서 다치지나 않았느냐?

마시어스   아, 형님, 너무나 처절한 것을 봤어요. 눈이 당한 것 같아요!

아론   (방백) 옳지, 황제를 모셔와서 이놈들을 보게 하자, 그럼 배시에이너스를 죽인 자가 저놈들이라고 믿을 거다. (퇴장)

마시어스   형님, 힘을 내서 날 도와 줘요. 피투성이의 더러운 구덩이에서 왜 날 끌어내지 않아요?

퀸터스   무슨 일인지 괴기한 공포가 엄습하는구나. 팔 다리가 부들부들 떨리며, 식은땀이 쭉쭉 나온다. 내 마음으론 눈으로 보는 것 이상의 일이 덮칠 것만 같다.

마시어스   형님, 예감이 맞았어, 아론도 형님도 이 구덩이를 들여다보아요, 피투성이가 된 처참한 시체의 모습을.

퀸터스   아론은 가버렸다. 난 가엾은 마음이 앞서는지라 상상하기만 해도 몸이 떨리는 무서운 것은 보고 싶지도 않다. 아이고, 도대체 누군지 말해 보렴. 지금까지 난 정체도 모르는 걸 두려워하는 어린애가 아니었는데.

마시어스 배시에이너스 전하가 살해되어 도살된 어린 양처럼 피바다 속에 쓰러져 있어요, 으시시하고 어둡고 피가 낭자한 구덩이에.

퀸터스 어두운데, 어떻게 배시에이너스 전하라는 것을 알게 됐지?

마시어스 피투성이인 손가락에 낀 보석 반지가 구덩이 속 구석구석을 환히 밝혀 주고 있어요. 마치 사당의 촛불처럼 죽은 사람의 흙빛 볼을 비춰 주는군요. 구덩이 속의 처참한 장물도 보여 주고요. 피라머스가 처녀의 피를 뒤집어쓰고 쓰러져 있던 모습을 비친 그날 밤의 달빛도 틀림없이 이처럼 창백했을 거예요. 오, 형님, 형님도 나처럼 겁에 질려 기진맥진했을지라도 ——그 힘빠진 손으로나마 날 구출해 줘요 ——참혹한 코사이터스 강의 안개가 피어오르는 지옥의 입구 같은 이 소름끼치는 사람을 잡아먹는 굴에서 구출해 줘요.

퀸터스 손을 쑥 내밀어라, 끌어올려 보겠다. 아냐, 끌어올릴 힘이 없으니 내가 깊은 구덩이에 삼켜져 가엾은 배시에이너스의 무덤 속으로 빠지겠다. 난 널 구덩이 가장자리까지 끌어올릴 힘이 없단 말이다.

마시어스 나도 형님의 도움이 없이는 올라갈 힘이 없어요.

퀸터스 다시 한 번 손을 내밀어 봐라. 이번엔 너를 끌어올리든지 아니면 내가 떨어지든지 할 테니. 난 손을 놓지 않겠다. 도저히 끌어올릴 수가 없구나. 내가 차라리 너에게로

간다. (떨어진다)

　　황제 새터나이너스와 무어인 아론 등장.

　　새터나이너스　이리 와라. 여기 구덩이가 있구나. 지금 막
뛰어든 자가 누군지 알아봐야겠다. 누구냐, 지금 막 대지에
입을 벌린 이 구덩이에 뛰어든 자가?

　　마시어스　앤드러니커스 장군의 불행한 두 아들입니다.
가장 나쁜 때에 이곳에 따라오게 되어 폐하의 아우님 배시
에이너스 전하가 살해당한 것을 발견하였습니다.

　　새터나이너스　내 동생이 죽었다고! 농담이 너무 지나치
군. 내 동생 내외는 즐거운 사냥터 숲속 북쪽에 있는 막사에
서 쉬고 있다. 내가 그 두 사람을 그곳에서 만난 것이 한 시
간도 채 안 되느니라.

　　마시어스　전하의 생존중에 어디서 두 분이 만나셨는지
모르겠습니다만, 애통하게도 아우님은 무참하게 이곳에 죽
어 있습니다.

　　타모라가 시종들과 같이 등장. 타이터스 앤드러니커스와 루시어스
　　뒤따라 등장.

　　타모라　황제 폐하는 어디 계신가?

　　새터나이너스　여기 있소, 타모라. 뼈를 깎는 슬픔에 잠겨
있는 중이오.

　　타모라　배시에이너스 전하는 어디 계신가요?

　　새터나이너스　그 말은 내 상처를 파내는 것같이 아프게
하는군. 가엾게도 배시에이너스는 여기 죽어 있소.

타모라   이미 늦었군요, 무서운 밀서를 가지고 왔는데. 이 때아닌 비극의 내용을 쓴 역모의 서찰인데. 즐거운 미소를 따우면서 그와 같은 잔인한 살인의 의도를 감추다니 인간의 얼굴은 참으로 무섭기 그지없습니다. (위필의 밀서를 황제 새터나이너스에게 전한다)

새터나이너스   (밀서를 읽는다) "친애하는 사냥꾼, 우리가 운좋게 그 사람——배시에이너스를 말하는 거지만——즉 그를 만나지 못할 경우에는 그의 무덤이라도 파주시오. 우리의 뜻을 당신은 알 거요. 당신 수고에 대한 보상은 배시에이너스를 매장하기로 정한 바로 그 구덩이 입구에 그림자를 던지고 있는 딱총나무가 있는데 그 밑의 쐐기풀 속을 찾아보면 있을 거요. 이 일을 잘 실행하면 우린 당신을 길이길이 잊지 않을 거요." 오, 타모라! 이처럼 끔찍한 일을 들어 본일이 있소? 이것이 바로 그 구덩이요, 저것이 그 딱총나무고. 자, 이 부근에 배시에이너스를 죽인 그 사냥꾼이 있는지 찾아 보아라.

아론   (나무 밑둥에서 전에 감춰 둔 금화 자루를 발견하여) 폐하, 여기에 돈이 든 자루가 있습니다.

새터나이너스   (타이터스에게) 당신의 두 아들, 피에 굶주린 잔인무도한 두 마리의 개새끼들이 내 동생의 생명을 빼앗아 갔소. 저놈들을 구덩이에서 끄집어내 옥에 가두어라. 내가 동서고금에 처음인 고통을 주는 고문을 생각해낼 때까지 옥에 처박아 두라.

타모라   어머나, 하수인들이 이 구덩이에 있어요! 정말 신기도 해라! 살인자가 이렇게도 쉽게 발각되다니!

타이터스 폐하, 이 늙은 것이 무릎을 꿇고, 쉽사리 흘리지 않는 눈물을 흘리면서 애원하나이다. 신 저주받은 자식들의 이 잔인한 대죄는——만약 백번 죽어 마땅한 죄인의 사실이 증명된다면——

새터나이너스 '뭐, 만약에 증명이 된다면'이라! 이미 명백한 사실이오. 이 밀서는 누가 발견하였소? 타모라, 당신이오?

타모라 앤드러니커스 장군 자신이 주운 겁니다.

타이터스 그렇습니다, 폐하. 소신을 그들의 보석인으로 하여 주시옵소서. 선조의 무덤을 걸고서 맹세하나이다, 그들은 반드시 목숨을 바쳐 혐의를 풀 것입니다.

새터나이너스 보석은 안돼. 타이터스, 날 따라오오. 너희들은 시체도 끌어내고, 하수인들도 끌어올려라. 한마디도 말을 못하게 하라. 죄상은 명백하다. 내 영혼에 두고 말하거니와 사형보다 더한 형벌이 있다면 맹세코 그것을 그들에게 적용할 것이다.

타모라 앤드러니커스 장군, 제가 황제께 탄원해 드리겠어요. 아드님들에 대해선 심려 마세요. 문제없을 거예요.

타이터스 자, 루시어스 가자, 그들과 말해야 소용없다. (모두 퇴장)

제4장   숲속의 다른 곳

황후의 아들들 디미트리어스와 카이론이 두 손을 잘리고, 혀도 잘려, 능욕당한 모습의 라비니어를 데리고 등장.

디미트리어스   자, 네 혀가 말할 수 있다면, 돌아가서 말해 봐라. 누가 네 혀를 잘랐고, 누가 강간을 했는지 말이다.

카이론   아니면 네가 생각하고 있는 것을 글로 써서 모든 일을 다 폭로해 보라고, 손 없는 팔로 설명을 할 수 있다면.

디미트리어스   저것 좀 봐라, 손짓 몸짓으로 잘도 쓰는군.

카이론   집에 가서 깨끗한 물을 달라고 해서 손을 씻어라.

디미트리어스   물을 달라고 소리치자니 혀가 없고, 손을 씻자니 손이 있어야지. 말없이 걸어가게 내버려두자.

카이론   내가 만약 저 지경이 됐다면 당장 목을 매 죽을 거다.

디미트리어스   새끼 꼬을 손이 있어야 목을 매지. (디미트리어스와 카이론 퇴장)

풍적. 마커스 등장. 사냥에서 돌아오는 길이다.

마커스   누구냐? 내 조카딸이로구나, 왜 질겁을 해 도망치지! 조카딸아, 내 말 들어 보아라. 네 남편은 어디 있지? 이것이 꿈이라면 내 전재산을 바쳐서라도 깨어나고 싶다! 내가 깨어 있다면 어떤 유성이든 날 때려눕혀 영원히 내가 잠들게 해다오! 말해 봐라, 조카딸아, 어떤 잔인무도한 손이 네 작은 가지 두 개를, 예쁜 장식을 네 몸에서 처버리고, 기둥만 있게 만들어놓았단 말이냐. 왕들도 그 가지의 그늘 속에서 잠들고 싶어했고 네 사랑을 조금이라도 얻어내면 그렇게도 행복할 수가 없다고 생각했잖으냐? 왜 대답이 없느냐? 아 너무나 처참하구나, 따뜻한 피의 붉은 흐름이, 바람에 휘날려 펑펑 쏟아져 나오는 샘물같이 장밋빛 입술 사이로 솟았다가는 쓰러지곤 하는구나, 너의 꿀 같은 입김으로 들락날락하며. 죽일 놈같으니, 필로멜을 범한 테류스처럼 네 몸을 더럽히고, 이름이 밝혀질까 두려워 네 혀를 잘랐구나. 아이고, 부끄러워서 얼굴을 돌리는구나! 세 개의 꼭지에서 물이 쏟아져나오는 것처럼 피를 많이 흘리면서도, 너의 볼은 구름에 가리워지면 빨갛게 달아오르는 태양신처럼 빨개지는구나. 내가 네 대신 말을 해줄까? 이러이러한 것이었다고 말해줄까? 오오, 너의 마음을 알고 싶구나. 널 욕보인 그 짐승놈을 알고 싶다, 마음 후련해지게 욕을 퍼붓고 싶다! 말로 표현 못하는 슬픔은, 꽉 덮어놓은 가마솥 같아 그 안에 있는 마음을 재가 될 때까지 태워 버린다. 아름다운 필로멜은 혀만 잘린 탓에 자기 마음을 고생고생 자수로 수놓아서 나타냈다. 그러나 사랑하는 조카딸아, 넌 그럴 수단도 잘렸구나. 네가 만난 악랄한 테류스는 필로멜보다도 수를 더 잘 놓을 수 있을 너의 고운 손가락을 몽땅 잘라 버렸구나. 오오, 괴물도, 만일 너의 흰 백합꽃 같은 손이 비파 위에서 사시나뭇잎처럼 떨며, 비파의 비단줄이 기뻐하듯 너의 손에 키스하는 것을 보았다면 결코 네 손을 자르지는 않았을 것이다! 또는 너의 예쁜 혀가 불어대는 신성한 가락을 들었다면 자기도 모르게 칼을 떨어뜨려 지옥문을 지키는 개 서베러스가 트라키아의 시인 오르페우스의 발 밑에 잠든 것처럼 잠이 들었을 것이다. 자, 가서 너의 아버지의 눈을 멀게 하자. 딸의 이런 처참한 모습을 보고 눈이 멀지 않을 아버지가 어디 있겠느냐. 단 한 시간 동안의 폭풍우로도 꽃 향기 자욱한 초원을 물바다가 되게 하는데, 몇 달이고 계속해서 눈물을 흘리면, 아버지의 눈이 어떻게 되겠는가? 얘, 도망가지 말아라, 다 같이 울자. 오오, 우리가 다 같이 울어서 너의 비참함이 사그러질 수만 있다면 얼마나 좋겠느냐! (두 사람 퇴장)

제 3 막

오, 행복한 놈!
그자들이 네겐 친절을 베풀었구나.
이 우매한 것아, 이 로마는 호랑이가 우글거리는 황야에
불과하다는 걸 모르느냐? 그러니 그 탐욕스런
호랑이 굴에서 추방되는 건 얼마나
다행스러운 일이냐!
—1장 타이터스의 대사 중에서

제 1 장 로마. 거리

재판관들, 원로원 의원들과 호민관들 밧줄로 묶인 타이터스의 두 아들 마시어스와 퀸터스를 끌고 형장(刑場)으로 간다. 타이터스가 그 앞에 나타나 탄원을 한다.

타이터스 원로원 의원 여러분, 제 말 좀 들어 주십시오! 호민관 여러분, 잠깐 기다려 주시오! 여러분이 편히 주무시도록 위험한 전쟁터에서 청춘을 보내 온 이 늙은 사람을 불쌍히 여기십사, 탄원합니다. 로마의 성스러운 싸움에서 흘린 나의 피를 봐서라도, 살을 여미는 추운 겨울 밤을 새운 것을 봐서라도, 또 이 늙은이의 얼굴에 새겨진 주름 하나하나를 메꾸며 쏟아지는 쓰디쓴 눈물을 봐서라도 사형선고를 받은 내 아들들을 동정해 주십시오. 내 아들들의 영혼은 사람들이 생각하는 것처럼 썩지는 않았습니다. 스물한 명의 내 아들의 죽음에 한 번도 눈물을 흘리지 않았습니다. 그들은 모두 명예스러운 전사를 하였으니까요. (앤드러니커스 땅에 엎드린다. 그 앞을 재판관들이 지나쳐 간다. 타이터스 흐느껴 운다) 호민관 여러분, 내 두 아들을 위해서 이 대지에다 내 마음 속의 번뇌를 쓰겠습니다, 내 영혼 속으로부터 흘러나오는 눈물을 뿌리겠습니다. 메마른 대지도 내 눈물로 채워지고 남을 것입니다. 사랑스러운 내 아들들이 순결한 피를 흘리면 흙은 부끄러움을 느끼고, 얼굴을 붉힐 겁니다. 오오 대지여, 나의 낡은 두 개의 물항아리에서 눈물의 비를 뿌려 싱그러운 봄에 소낙비를 내리는 4월보다 더 네게 우정을 쏟겠다. 햇빛 쬐는 여름에도 네게 늘 눈물을 뿌려 주고, 겨울에는 따뜻한 눈물로 대지의 눈을 녹여, 너의 얼굴에 영원한 봄을 만들어 주마. 그러니 사랑하는 내 아들들의 피는 마시지 않겠다고 약속해 다오.

　　루시어스 칼을 뽑아 들고 등장.

오, 호민관 여러분! 오, 관대하신 원로원 의원 여러분! 내 아들들을 풀어 주십시오, 사형을 취소해 주십시오. 전에는 한 번도 울어 본 일이 없는 내가 나의 눈물이 훌륭한 웅변자라고 말하게 해주십시오.

　　루시어스　　오 아버지, 탄원해 봐야 소용없습니다. 호민관들은 듣고 있지 않습니다, 아무도 없단 말입니다. 아버지께선 슬픔을 돌에게 말하고 있는 것입니다.

　　타이터스　　아, 루시어스, 그래도 네 동생들을 위해 탄원을 해야지. 준엄하신 호민관 여러분, 다시 한 번 탄원합니다 ──

　　루시어스　　아버지, 아버지의 말씀을 듣고 있는 호민관은 한 사람도 없어요.

　　타이터스　　없어도 상관없다. 듣고 있다 하더라도 챙겨 주지 않는다. 챙겨 줘도 날 불쌍히 여기지 않을 거다. 그러나 비록 헛된 일이라 할지라도 간청해야 하느니라. 그래서 난 이 돌멩이들에게 내 슬픔을 하소연하는 거다. 돌멩이들은 나의 비통에 아무런 대답도 없으나, 호민관들보다는 그래도 나은 점이 있다. 돌멩이들은 호민관들처럼 내 말을 가로막진 않으니까. 내가 울면 돌멩이들은 내 발 아래서 겸손하게 내 눈물을 받아들이며, 나와 함께 울고 있는 것 같다. 만일 돌멩이들에게 위엄있는 옷을 입힌다면 로마에서 그만한 호민관은 없을 거다. 그런 점은 돌이 밀초처럼 부드러우나, 호민관들은 돌보다도 딱딱하다. 돌멩이는 말도 없고 아무런 해도 끼치지 않는다만, 호민관들은 혀로 사람에게 사형을 언도한다. (일어난다) 한데 넌 왜 칼을 뽑아 들고 서 있느냐?

루시어스   동생들을 죽음에서 구해 내려고 했으나, 그 죄목으로 재판관들은 소자를 영구히 국외로 추방한다고 선고하였습니다.

타이터스   오, 행복한 놈! 그자들이 네겐 친절을 베풀었구나. 이 우매한 것아, 이 로마는 호랑이가 우글거리는 황야에 불과하다는 걸 모르느냐? 호랑이에겐 먹이가 꼭 필요한 법, 로마가 줄 수 있는 먹이는 내 자식들 이외는 아무것도 없다. 그러니 그 탐욕스런 호랑이 굴에서 추방되는 건 얼마나 다행스러운 일이냐! 저기 마커스와 같이 오는 사람이 누구지?

마커스가 라비니어를 데리고 등장.

마커스   타이터스 형님, 그 늙은 눈에 눈물을 흘리시든가 아니면, 형님의 고귀한 심장을 갈기갈기 찢길 각오를 하십시오. 연만한 형님의 목숨을 앗아갈 슬픔을 가지고 왔습니다.

타이터스   내 목숨을 앗아갈 슬픔이라니? 어디 좀 보자.

마커스   바로 형님의 딸이었습니다.

타이터스   마커스, 지금도 내 딸이 아닌가.

루시어스 아, 그 모습을 보고 있자니 가슴이 찢어질 것 같다!

타이터스 이 겁쟁이야, 일어나서 똑똑히 보아라. 라비니어야, 말해 보아라. 어떤 놈의 저주스런 손이 네 손을 잘라 없애 네 아비 앞에 나타나게 했는가? 어떤 바보 같은 놈이 바다에 물을 더 퍼붓고, 활활 불타는 트로이에 장작을 집어 넣었느냐? 내 슬픔은 네가 나타나기 전에 이미 절정에 달하였으나 이젠 나일 강처럼 범람하고 말았다. 칼을 다오. 내 손도 잘라 버리겠다. 이 손이 로마를 위해 싸웠으나 다 헛되고 말았다. 내 살아 생전에 내게 음식을 먹이고, 이러한 슬픔을 가져오게 한 것도 이 손이 아니냐. 이 손으로 기도를 한다고 여러 번 추켜들었지만, 아무 짝에도 쓸모없는 허사였다. 이제 내 손에 요청할 일은 오직 하나다. 한쪽 손이 다른 쪽 손을 자르는 일이다. 라비니어야, 손이 없어진 건 차라리 잘된 일이다. 로마를 위해 봉사할 손은 있어 봐야 소용없으니까.

루시어스 동생아, 말해 보아라 누가 널 이렇게 만들었느냐?

마커스 오, 마음 속을 전달했던 즐거운 도구는, 유쾌하게 능변을 조잘거렸던 그 혀는 잘리웠고 이제 아름다운 텅빈 새장 속엔 즐거운 노래를 불러 사람들의 귀를 매혹시켜 주던 새는 사라졌구나!

루시어스 오, 숙부님께서 대신 말씀해 주십시오. 어느 놈이 이런 짓을 했습니까?

마커스 내가 라비니어를 발견했을 땐 이런 모습으로 숲속을 방황하고 있었다. 날 보자, 불치의 상처를 입은 나약한 어린 사슴처럼 숨으려고 했단다.

타이터스 내 소중한 귀여운 아기. 내 딸에게 이처럼 상처 입힌 놈은 차라리 날 죽이는 것보다 더한 짓을 했다. 나는 지금 거친 바다 가운데 있는 바위 위에 선 사람과 같다. 밀려오는 파도가 점점 높아지는 것을 노려 보며 악의에 찬 파도가 덮치어 그 짠 뱃구레 속으로 삼켜질 것을 기다리는 것이다. 가여운 내 아들들은 저쪽으로 사형을 받으러 끌려갔고, 여기 있는 아들 하나는 추방된 몸이 아닌가. 그리고 여기 내 아우는 내 불행을 보고 울고 있다. 그러나 내 마음에 가장 모질게 고통을 주는 것은 귀중한 아니 내 영혼보다도 귀한 이 라비니어이다. 이처럼 처참한 모습을 그림에서 보았다 해도 난 미쳐 버렸을 거다. 지금 살아 있는 네 몸뚱이가 그 꼴을 하고 있는 걸 눈앞에 보게 되다니 어쩌면 좋겠느냐? 네 볼에 흐르는 물을 닦을 손도 없구나. 누가 널 해쳤는지 고할 혀도 없구나. 네 남편은 피살당하고, 네 오빠들은 살인죄로 사형언도를 받았단다. 지금쯤은 죽었을 것이다. 오, 마커스! 아, 아들 루시어스, 라비니어를 보아라! 내가 제 오빠들의 이름을 대자마자 두 볼에는 새 눈물이 아롱지는구나. 마치 감미로운 이슬방울이 시들어 버린 백합꽃잎에 떨어지듯이.

마커스 저애가 우는 건 아마, 오빠들이 남편을 죽였기 때문인지도 모르죠. 아니면 오빠들에게 죄가 없다는 걸 알고 있기 때문인지도 모릅니다.

타이터스 만일 오빠들이 네 남편을 죽였다면 기뻐하라, 나라의 법이 그 원수를 갚아 줬으니까. 아니다, 결코 아니다, 그 아이들은 그런 무모한 짓을 할 리가 없다. 저애가 저렇게 우는 걸 보면. 라비니어야, 네 입술에 입맞춰 줄게. 어떻게 하면 네 마음을 위로할 수 있는지 몸짓이라도 좋으니 표시해 보아라. 네 숙부와 루시어스 오빠와 그리고 너와 내가 다 같이 어느 샘물가에 앉아서, 물을 내려다보고 우리들의 볼에 눈물로 얼룩진 얼굴을 보자꾸나? 홍수가 남긴 진흙자국이 마르지 않고 얼룩진 초원 같은 것 말이다. 그 샘물을 오래오래 들여다볼까? 우리의 괴로운 눈물이 고이고 고여, 그 맑은 물이 신선한 맛을 잃고, 찝질한 샘물이 될 때까지 말이다. 아니면 우리들도 너처럼 손을 잘라 버릴까? 혹은 혀를 깨물어 버리고 온갖 몸짓으로 나머지 구차한 인생을 보낼까? 어떻게 해야 좋을지 모르겠구나. 아니다, 우리는 혓바닥이 있어도 후세 사람들이 우리 꼴을 보고 경악할 만큼 더욱 처참해지는 궁리를 해보자.

루시어스 아버지, 눈물을 거두십시오. 아버지가 그렇게 슬퍼하시니 불쌍한 라비니어가 그것을 보고 저렇게 흐느껴 울고 있잖습니까.

마커스 라비니어야, 참아 다오. 형님도 눈물을 닦으세요. (타이터스의 눈물을 닦으려 한다)

타이터스 아, 마커스, 마커스! 동생, 난 잘 알아, 그 손수건으로는 내 눈물을 닦아내지 못해. 이미 너의 눈물로 흥건하니 말야.

루시어스 가엾구나, 라비니어야, 내가 네 볼을 닦아 주마.

타이터스 마커스, 저것을 봐라! 저애의 몸짓을 난 짐작할 수 있다. 저애에게 혀가 있다면, 꼭 내가 지금 너에게 한 말을 오빠에게 되뇌어 주려는 것일 거야. 오빠 손수건도 진정한 눈물로 흠뻑 젖어서 불쌍한 자기 볼의 눈물을 닦아내지 못한다고. 오오, 우리들이 다같이 슬픔을 겪어야 하다니, 앞으로 구조의 손길은 지옥에서 천당을 보듯 저 먼 곳에 있구나!

　　아론 등장.

　　아론　타이터스 앤드러니커스 장군, 폐하의 어명을 전하겠습니다. 장군이 자식들을 사랑한다면 마커스나, 루시어스나, 장군이나, 누구라도 좋으니 손을 잘라서 폐하께 헌상하라고 하십니다. 그러면 그것을 죄에 대한 속상금(贖賞金)으로 알고, 두 아들을 살려서 보내겠다고 하셨습니다.

　　타이터스　오, 인자하신 황제 폐하! 오, 친절한 아론! 태양이 뜬다는 기쁜 소식을 종달새가 알려 주듯 검은 까마귀가 즐겁게 노래한 일이 있었는가? 난 진심으로 나의 손을 황제 폐하께 바치리라. 아론, 내 손을 잘라 주겠소?

　　루시어스　아버지, 기다리세요! 수많은 적들을 무찌른 아버지의 귀중한 손은 보낼 수가 없어요. 저의 손으로 대신 하겠습니다. 전 젊으니, 아버지보다 많은 피를 가지고 있습니다. 그러니 제 손을 보내 아우들의 생명을 구하겠습니다.

　　마커스　네 두 손 가운데 어느 것이 로마를 방어하지 않았단 말이냐? 피로 얼룩진 큰 도끼를 높이 휘두르면서 적의 성곽에 파괴의 글귀를 적어 넣지 않았단 말이냐, 너의 두 손 모두 큰 공을 세운 바 있다. 그러나 내 손은 아무것도 한 일이 없다. 내 두 조카를 죽음에서 살리기 위해 내 손을 이용

하겠다. 그럼 이 손은 갖고 있던 뜻이 생기는 것이 아니냐?

아론 자, 누구 손을 바칠 것인지 속히 결정하십시오. 미적거리다가는 특사를 받기 전에 사형을 당할지도 모르오.

마커스 내 손을 바치겠소이다.

루시어스 아닙니다, 절대로 보낼 수 없습니다!

타이터스 다들 더 이상 다투지 마라. 이처럼 시든 풀은 뽑아 버려야 되느니라, 그러니 내 손을 바치겠다.

루시어스 아버지, 절 아버지의 아들답게 해주시려면 저로 하여금 두 동생의 생명을 구하게 해주십시오.

마커스 돌아가신 부모님을 위해서라도 동생의 애정을 형님에게 바칠 수 있도록 해주십시오.

타이터스 둘이서 상의해 다오. 난 손을 자르지 않겠다.

루시어스 그러면 난 도끼를 가져와야지.

마커스 하지만 그 도끼를 쓰는 것은 나이지. (루시어스와 마커스 퇴장)

타이터스 아론, 이리 좀 오오. 난 저들을 속였소. 손을 빌립시다. 내 손을 줄 터이니.

아론 (방백) 저런 것이 속이는 것이라면 난 정직한 거지, 이런 식으로 사람을 속이는 건 평생 없을 테니까. 그러나 난 다른 방식으로 속이겠다. 그리고 반 시간도 못되어 너희들은 속았다는 걸 알게 될 거다. (타이터스의 손을 자른다)

루시어스와 마커스 등장.

타이터스 이제 다툴 것 없다. 자를 건 자르고 끝났노라. 아론, 이 손을 폐하께 바쳐 주오. 이 손은 수천 번 위험으로

부터 폐하를 보호한 손이라고 아뢰어 주오. 그리고 물어 달라고 간청해 주오. 그만한 공이 있다고 할 손이오. 그렇게 알아주면 좋으련만. 내 아들들에 대해서는 아비로서 싼값으로 보석을 산 것과 같다고 전해 주오. 그렇지만 그들이 내 아들이니, 나는 비싼 것을 돌려 받은 것이오.

아론 앤드러니커스 장군, 그럼 난 가보겠소. 이 손 덕택에 곧 장군의 아들들이 돌아오게 될 것이오. (방백) 아들들의 목말이다. 오, 이 악행은 생각만 해도 몸이 느긋하도록 기쁘고나! 선행은 머저리들에게나 하게 하고, 자비는 선인에게나 맡겨두자. 아론의 영혼은 그 얼굴처럼 새까맣다. (퇴장)

타이터스 오, 이 한 손을 하늘에 쳐들고, 이 허약한 늙은 몸뚱이를 땅에 부복합니다. 이 비참한 눈물을 불쌍하게 여기는 신이 계시다면, 그 신에게 기도하나이다! (라비니어에게) 얘야, 너도 나와 함께 무릎을 꿇겠느냐? 그래, 무릎을 꿇자, 사랑하는 딸아, 하늘은 정녕코 우리의 기도를 들어 주실 것이다. 아니면 우리가 한숨을 내뿜어 하늘을 흐리게 하여, 태양을 덮어 버리자. 구름이 녹아나는 자기 품에 태양을 안아 그 빛을 흐려놓듯이.

마커스 오, 형님, 전혀 불가능한 말씀은 하지 마세요, 너무나 지나친 비탄 속에 빠져 있습니다.

타이터스 내 비탄이 깊은 게 아니고 바닥도 없단 말이냐? 그렇다면 내 비탄이 바닥을 알 수 없을 만큼 깊이 빠져 있는 것이 당연한 일이지.

마커스 그러나 비탄이라도 이성으로 다스려야지요.

타이터스 계속 밀어닥치는 불행들을 억누를 수 있는 이

유만 있다면 내 슬픔은 한 테두리 속에 묶어 둘 테다. 하늘이 통곡하면 땅은 물바다가 되는 법이 아닌가? 바람이 성나면 바다가 사나운 파도로 변하여 부풀어터진 물결로 하늘을 위협하지 않는가? 넌 이 소동의 사유를 알고 싶으냐? 나는 바다이다. 들어 보라, 라비니어의 한숨은 휘몰아치는 바람이야! 그애는 울고 있는 하늘이고, 난 땅이란 말이다. 한숨의 바람이 심하게 불면, 내 바다는 거칠어질 수밖에 없다. 하늘이 계속해서 눈물을 흘리면 대지엔 홍수가 나고 온통 물바다에 빠지는 것이 아니냐? 나로선 도저히, 내 뱃속에 내 딸의 슬픔을 감춰 둘 순 없다. 술취한 사람처럼 토해 내는 거지. 그러니 용서해 다오, 패자는 독설이라도 내뱉어야만 속이 풀리는 법이다.

사자가 머리 둘과 손 하나를 들고 등장.

사자 앤드러니커스 장군, 폐하께 손을 진상하셨건만, 그 보답으로 너무나 참혹한 일을 받게 됐습니다. 이것은 장군의 두 아들의 머리이고 또 이것은 장군의 손입니다만 조롱거리로 돌려주는 겁니다. 장군의 비통함은 웃음거리가 됐고, 장군의 용기는 조롱거리가 됐습니다. 장군의 비애를 생각하면 저도 선친의 임종을 맞이한 것 이상으로 가슴이 찢어질 듯이 아픕니다. (퇴장)

마커스 오, 시칠리아의 에트너 화산은 식어 버리고, 이 가슴은 영원히 불타오르는 지옥이 되라! 이처럼 참혹한 불행은 도저히 사람이 감내할 수 없는 것이다. 동정해서 울어 주는 사람이 있으면 위안이 될 수 있지만, 슬픔을 조롱받는다는 건 두 번 죽는 것과 똑같다.

루시어스　아, 이 광경에 내 마음의 상처는 더욱 커지는구나. 그런데도 이 밉살스런 목숨은 살아 숨쉬고 있다니! 숨만 쉬고 있을 뿐, 아무짝에도 쓸모없는 목숨인데 이것도 목숨이라고 부를 수 있단 말인가! ——(라비니어가 타이터스에게 키스한다)

마커스　아, 가엾어라, 저 키스도 굶주린 뱀에게 주는 얼음물 같아 위안도 되지 않는구나.

타이터스　이 무서운 악몽은 언제나 끝나는 것이냐?

마커스　이제 마음을 풀 수는 없는 일, 차라리 죽어야 합니다, 형님! 이건 꿈이 아닙니다. 보십시오, 이것은 두 아들의 머리이고, 이것은 용감했던 형님의 손이고, 이것은 난도질당한 형님의 딸, 그리고 이 쓰라린 광경을 보고 있는 핏기 없이 창백해진 추방된 아들, 그리고 석상처럼 차고 감각 없는, 형님의 동생인 제가 있습니다. 아, 이젠 형님에게 애통함을 참으시라는 말은 절대로 하지 않겠습니다! 형님의 흰 머리칼을 쥐어뜯으세요, 남은 손 하나를 형님 이빨로 물어뜯으세요. 그리고 이 처참한 광경을 우리들의 불쌍한 눈이 마지막으로 보는 것이 되게 하세요. 이젠 미친 듯이 행동할 때입니다. 왜 가만히 계십니까?

타이터스　하, 하, 하!

마커스　왜 웃으세요? 웃을 때가 아니잖습니까?

타이터스　웃을 수밖에 없잖은가, 이제 난 흘릴 눈물이 한 방울도 없다. 그뿐이랴, 슬픔은 나의 적이다. 눈물로 얼룩진 내 눈 속을 휘저어 눈물이 증발하여 눈을 멀게 하려고 한다.

복수신의 동굴은 어디 있느냐? 이 두 개의 머리는 나를 향해 이 참혹한 불행을 만들어낸 놈들의 목구멍에 이 불행 전부를 쑤셔넣을 때까지는 결코 행복하게 될 수 없다고 나를 위협하며, 복수를 재촉하고 있는 것 같다. 자, 이제 어떻게 하면 좋을지 생각해 보자. 슬픔에 잠긴 너희들, 날 둘러싸라, 너희들 얼굴을 하나하나 바라보며 꼭 원수를 갚겠다는 맹세를 하고 싶다. 맹세는 끝났다. 마커스, 목을 하나 들게. 나머지 하나는 이 손으로 들겠으니. 라비니어야, 너도 거들어라. 네 이빨로 내 손을 물고 따라오너라. 그리고 루시어스, 넌 어서 내 눈앞에서 사라져라. 넌 추방된 몸이다. 이곳에 있으면 안돼. 급히 고드족에게로 가서 군사를 일으켜라. 이 아비를 소중히 여긴다면 당연히 그럴 것이지만 서로 키스하고 헤어지자. 어서, 우린 할 일이 많으니까. (타이터스, 마커스, 라비니어 퇴장)

루시어스 부디 안녕히 계세요, 귀하신 아버지, 로마에 태어난 사람치고 최대의 비극을 맛보고 계신 아버지. 오만한 로마여, 잘 있거라. 이 루시어스는 반드시 돌아온다. 생명보다 귀한 이 맹세를 남기고 간다. 라비니어야, 잘 있거라, 기품있는 누이동생. 오오, 네가 전과 같다면 얼마나 좋겠느냐! 이제부턴 루시어스나 라비니어나 다같이 세인의 망각 속에, 가증스런 비탄 속에서 살아가야 하는구나. 이 루시어스가 살아 있는 한, 반드시 원수를 갚고 말 테다. 오만한 새터나이너스와 그의 황후가 타퀸과 그의 왕비처럼, 성문에 나와 애걸하게 만들고 말겠다. 이제 난 고드족에게로 가서, 군사를 일으켜 로마와 새터나이너스에게 복수를 하고 말 것이다. (퇴장)

제2장   연회가 준비되어 있는 타이터스 저택의 한 방

타이터스 앤드러니커스, 마커스, 라비니어, 그리고 소년 루시어스 등장.

타이터스   자자, 앉아 보자. 우리들 모진 슬픔의 한을 복수하기 위하여 필요한 힘을 기를 만큼만 먹고 그 이상은 그만두자. 마커스, 슬픔에 잠겨 팔장만 끼고 있지 말게. 라비니어와 난——불쌍한지고——손이 없으니, 아무리 슬퍼도 팔장을 낄 수가 없구나. 이 처량한 내 오른손은 남아 있으되 내 가슴을 치기 위한 것이다. 나의 심장은 너무나 비참한 사실에 미친 듯이 날뛰며 육체의 허망한 감옥에서 뛰쳐나오려고 하니, 난 이렇게 가슴을 두들겨서 달래 주는 거다. (라비니어에게) 몸짓으로 얘기하는 불쌍한 화상아! 넌 아무리 네 심장이 마구 뛰어도, 이렇게 두들겨서 조용하라고 달래지도 못하지. 차라리 크게 한숨을 내쉬어 심장에게 상처를 주고 신음 소리로 작살을 내어라. 아니면 작은 칼을 이빨 사이에 물고, 칼로 심장 쪽에 구멍을 내어라. 그러면 너의 가엾은 눈에서 떨어지는 눈물 방울방울이 그 구멍으로 흘러들어가 스미고 한탄에 잠긴 멍충이를 찝질한 눈물의 바닷물에 빠져들게 하여라.

마커스   형님, 이 무슨 못난 소립니까! 연약한 라비니어의 생명에 그처럼 난폭한 손을 쓰게 가르쳐 주시다니 말도 안 됩니다.

타이터스 뭐라고! 슬픔 때문에 벌써 망령이 들었느냐? 글쎄 마커스, 미치광이는 나 혼자로도 충분해. 라비니어가 어떻게 자기 생명에 난폭한 손을 쓴단 말이냐? 아, 무엇 때문에 손 얘길 끄집어내는 거지. 이니아스에게 트로이 성이 불타고, 자신이 비참하게 된 얘길 두 번 하게 하려는 건가? 오, 손이니 뭐니 해서 손이 없다는 걸 생각나게 하지 말라. 싫다, 못 견딘다, 내가 왜 이런 미친 소릴 하지. 마커스가 손이라는 말을 입에 담지 않는다면 우리가 손이 없다는 걸 잊어버리는 것처럼! 자, 먹자. 라비니어야, 이걸 먹어라. 마실 건 없다. 자, 마커스, 라비니어가 말을 하고 있다. 저 희생의 몸짓을 난 잘 안다. 라비니어는 슬픔으로 볼을 흘러내리는 눈물 이외에는 아무것도 안 마신다고 하는 거다. 말로 못하는 하소연에서 네 마음을 알게 될 것이다. 동냥질하는 떠돌이 수도승이 기도를 완전히 알고 있듯이 너의 말없는 동작으로 이해해 주지. 한숨을 쉬거나 잘린 팔을 하늘로 추켜들거나, 눈을 깜박거리거나, 고개를 끄덕거리거나, 무릎을 꿇거나, 몸짓을 할 때마다, 난 어떻게 해서든 알파벳 하나하나를 살펴내어 네가 말하고 싶은 것을 알게 될 거다.

소년 할아버지, 그런 쓰디쓴 슬픈 얘긴 그만하세요. 즐거운 얘기로 불쌍한 고모를 기쁘게 해주세요.

마커스 애처럽도다, 어린아인데도 마음이 동해, 할아버지 슬픔을 보고 울고 있구나.

타이터스 꼬마야, 울지 마라! 넌 눈물로 되어 있는 몸이다. 눈물을 펑펑 쏟으면 목숨까지도 눈물에 녹아 버린다.

(마커스가 칼로 접시를 친다) 마커스, 칼로 뭘 치는가?

마커스 저걸 죽였어요, 형님 —— 파리요.

타이터스 에잇, 함부로 살생을 하다니! 넌 내 가슴을 난
도질한다. 난 잔학한 짓을 지긋지긋하게 보았다. 죄없는 자
를 죽이는 자는 이 타이터스의 동생답지 않다. 썩 나가라. 이
자리에 있을 자가 못된다.

마커스 아니, 형님, 파리 하나를 죽였을 뿐인데요.

타이터스 뭐, "파리 하나"라고! 그 파리에게도 부모가
있다면 어찌되지? 가냘픈 금빛 날개를 힘없이 추리며 공중
에서 슬프게 나래 소릴 낼 거다! 해악을 행하지 않은 불쌍한
파리, 날개로 아름다운 음악 소릴 내며, 우릴 즐겁게 해주려
고 왔는데! 넌 그걸 죽여 버렸다.

마커스 형님, 용서하십시오. 그러나 새까맣고 보기 흉한
파리였습니다. 황후가 아끼는 정부 무어와 꼭 같아서요. 그
래서 죽였습니다.

타이터스 아, 아, 아! 그렇다면 내 널 꾸짖은 것이 잘못이
구나. 넌 착한 일을 했느니라. 그 칼을 이리 다오, 나도 해치
울 테다, 날 독살하려고 마음을 먹어 온 무어인을 생각하고.
자, 이것은 너에 대한 보복이다. 그리고 이것은 타모라에 대
한 몫이고. 아아, 이봐라! 아직도, 우린 영락하지 않은 것 같
다. 새까만 무어인의 모습을 하고 온 파리 한 마리를 우린
이렇게 죽였으니까.

마커스 아, 불쌍한 분! 너무나 비통한 나머지 그만 정신
이 이상해져 터무니없는 그림자를 실물로 착각하고 계시다.

타이터스 자, 이걸 치워라. 라비니어야, 같이 가자. 네 방

으로 가는 거다. 그리고 옛날 슬픈 이야기 책을 함께 읽자. 얘야 너도 같이 가자. 넌 어리니까 눈이 잘 보이겠지. 내가 눈이 피곤해지면 네가 대신 읽어 다오. (모두 퇴장)

제 4 막

아닙니다, 백부님.
복수의 여신이면 지옥에 있으니
빌려 주겠다고 했습니다. 하지만 정의의 여신은
좀 기다리셔야 된다고 했습니다.
―3장 퍼블리어스의 대사 중에서

제1장　로마. 타이터스 저택의 정원

루시어스의 아들과 그의 뒤를 쫓아서 라비니어 등장. 소년은 두세 권의 책을 겨드랑이에 끼고 그녀로부터 도망치고 있다. 타이터스와 마커스 등장.

소년　도와 주세요, 할아버지, 도와 주세요! 라비니어 고모가 날 마구 쫓아와요, 왜 그러는지 모르지만. 할아버지, 저것 봐요. 벌써 쫓아왔잖아요. 고모, 왜 그러는 거야?

마커스　내 곁으로 와라, 루시어스. 고모가 뭐 무섭다고 그래.

타이터스　네가 귀여워서 그래, 걱정하지 않아도 돼.

소년　아버지가 로마에 계셨을 땐 고모가 귀여워해 주셨는데.

마커스　라비니어야, 왜 그런 몸짓을 하지?

타이터스　루시어스야, 고모를 무서워하지 말아라. 무슨 말을 하고 싶은 모양이다. 저것 봐라, 루시어스야, 고모는 널 정말 귀여워하신단다. 어디 같이 가고 싶으신 것 같다. 네 고모는 자비로운 어머니인 코넬리어가 자기 아들들에게 여러 가지 책을 친절히 읽어 주었다고 하지만 그 이상으로 네게 아름다운 시나 키케로의 『웅변가』를 읽어 줬잖니. 애야, 고모가 왜 네게 이렇게 조르는지 모르니?

소년　할아버지, 모르겠어요. 짐작도 안 가요. 혹시 고모가 발작을 일으켰거나 정신에 이상이 생긴 게 아닐까요? 할

아버진 너무나 큰 슬픈 일이 있으면 사람들은 정신 이상이 된다고 종종 말씀하시지 않았어요. 나도 책에서 읽은 적이 있어요, 트로이의 헤큐버가 너무나 슬퍼서 미쳤다는 얘길요. 그래서, 겁이 났죠 뭐. 고모가 어머니 못지않게 날 귀여워하시는 것도 알아요. 정신 발작이라면 몰라도, 어린 사람을 해치지는 않는다는 것쯤 알고 있어요. 그래도 무서워서 책을 팽개치고 도망쳐 온 거예요. 딴 이유는 없어요. 고모, 죄송해요. 마커스 할아버지와 같이 가주신다면 어딘든 고모를 따라가겠어요.

마커스 루시어스야, 내가 같이 가마.

라비니어는 소년이 떨어뜨린 몇 권의 책을 손목 없는 팔로 들춘다.

타이터스 왜 그러니, 라비니어! 마커스, 라비니어가 왜 저러지? 보고 싶은 책을 찾고 있는 모양이다. 라비니어야, 어느 책이냐? 손자야, 책들을 펼쳐 보여 줘라. 그래, 넌 어려운 책을 읽었고, 이해도 잘했지. 자, 내 서재에서 마음에 드는 책을 골라라, 독서로 슬픔을 잊어버리도록 해야지. 언젠가는 신들도 널 이렇게 만든 악당을 알려 주실 거다. 왜 딸애가 저렇게 계속 양쪽 팔을 쳐들고 있는 거지?

마커스 범인은 한 사람이 아니라 두 사람 이상이라고 알려 주는 것 같군요. 틀림없을 거예요. 그게 아니라면, 복수해 달라고 하늘에 기도하는 걸 겁니다.

타이터스 루시어스야, 고모가 저렇게 들추는 책이 무슨 책이냐?

소년 할아버지, 오비드의 『변신(變身) 이야기』예요. 어머니가 제게 주신 책이죠.

마커스 세상을 떠난 사람이 그리워 그 책을 골랐을 것 같군.

타이터스 가만! 바삐 책장을 넘기고 있다! 도와 주어라. 무엇을 찾지? 라비니어야, 내가 읽어 줄까? 이것은 필로멜의 슬픈 이야기다. 테류스가 배신하여 필로멜을 강간한 얘기지. 그러고보니, 네 고통의 뿌리가 강간이란 말이냐.

마커스 형님, 보세요! 같은 책장을 뚫어지게 보고 있어요.

타이터스 라비니어야, 너도 필로멜처럼 갑자기 붙잡혀서 능욕을 당하고 창피를 당했단 말이냐? 저 무정하고, 황량하고, 음침한 숲속에서? 저것 좀 봐! 아아, 우리가 사냥한 숲속 바로 그런 곳이다 ——오, 그런 곳에서 사냥을 하지 않았어야 했는데! ——이 시인이 쓴 것과 똑같은 장소야. 자연이 살인을 위해, 강간을 위해, 마련해 놓은 장소란 말이다.

마커스 오, 자연은 무엇 때문에 그토록 고약한 마굴을 만들었지? 신들이 비극을 좋아한다면 모르겠거니와.

타이터스 내 딸아, 몸짓으로 말해 봐라, 여기엔 집안 사람들만 있으니. 로마의 어떤 놈이 이따위 짓을 했느냐? 혹시 타퀸 진영에서 빠져나와 루크리스의 침상에 다가선 것처럼 새터나이너스가 몰래 와서 덮친 게 아니냐?

마커스 라비니어야, 앉아라. 형님께서도 앉으시죠. 아폴로 신이여, 필라스, 조브, 머큐리의 신들이여, 제게 영감을 주시어 배신자를 발견케 해주소서! 형님, 보세요. 라비니어야, 너도 보아라.

자기의 단장으로 발과 입을 인도하며 자기의 이름을 쓴다.

이 모래 바닥은 평평하다. 너도 할 수 있으면 내가 하는 것처럼 이렇게 해보려무나. 난 전혀 내 손의 도움없이 내 이름을 썼다. 아아, 이와 같은 짓을 하게 한 놈은 저주를 받아야 한다! 조카딸아, 자 써보아라. 결국은 하느님이 알려 주실 거다. 네 복수를 할 터이니, 그놈의 이름을 알려다오. 오, 하늘이시여, 조카딸의 붓을 인도하시어, 그녀의 슬픔의 원인을 적어 그 배신자와 악행의 사실을 알려 주소서!

라비니어가 지팡이를 입에 물고 손 없는 팔로 조종하며 글씨를 쓴다.

타이터스 오, 마커스, 라비니어가 쓴 글자를 읽을 수 있겠느냐? 폭행. 카이론. 디미트리어스.

마커스 뭣이, 뭐라고! 타모라의 음란한 자식들이 이 가증스럽고 잔혹한 짓을 범했단 말이냐?

타이터스 하늘을 지배하는 주피터 신이여, 죄를 듣는 것이 왜 이렇게도 느리고 죄를 보는 것이 왜 이렇게도 늦으십니까?

마커스 오오, 형님, 고정하세요. 이 대지 위에 씌어진 글자를 보면 아무리 부드러운 마음을 지닌 사람일지라도 포악해지지 않을 수 없으며, 아무리 어린아이라 할지라도 흥분하여 소리지를 수밖에 없을 것입니다. 형님, 저와 함께 무릎을 꿇으세요. 라비니어도 무릎을 꿇고. 로마의 용사 앤드러니커스의 희망인 루시어스야, 무릎을 꿇어라. 그리고 나와 함께 맹세합시다. 옛날 능욕당한 열녀 루크리스의 비탄에 잠긴 남편이나, 그녀의 아버지와 함께 주니어스 브루터스가 맹세하여 루크리스의 복수를 하겠다고 한 것처럼. 자, 다같이 맹세합시다. 묘책을 세워 간악무도한 고드놈들에게 복수를 하여, 그들의 피를 보고 말 것인가, 아니면 이 치욕과 함께 죽을 것인가 둘 중의 하나를 선택합시다.

타이터스 그래 그렇게 해야 돼, 방법을 생각해 내야지. 그러나 그놈의 곰새끼들을 잡으려면 상당히 조심해야 한다. 조금이라도 냄새를 맡게 되면 어미곰이 눈을 뜰 테니까 말이다. 그 어미곰은 지금 사자와 극히 사이가 좋아. 누워서 잘 논다니까, 그래서 사자를 잠들게 하고는 잠자는 그 사이에 하고 싶은 짓을 멋대로 해버린단 말야. 마커스, 넌 아직 서툰 사냥꾼이지, 손을 떼는 게 좋아. 자, 난 동판 한 장을 구해서 철필로 여기 쓰인 글씨를 새겨둬야겠다. 곧 거친 북풍이 휘몰아치면 옛날 시빌(예언하는 妖婦)이 예언을 써놓은 나뭇잎을 날리듯 이 모래를 사방으로 흩날려 글씨도 없어질 것이니까. 그러면 배운 건 다 어디로 날아가 버린단 말이지? 애야, 어떻게 생각하느냐?

소년 할아버지, 제 생각은 이래요. 제가 어른이라면, 그 천한 로마의 노예들이 설사 어미의 침소로 도망쳤어도 절대로 그대로 두지 않겠어요.

마커스 그래 그래, 기특하다. 네 아버지 역시 은혜를 모르는 조국을 위해 몇 번이고 몇 번이고 그렇게 하였단다.

소년 작은할아버지, 저도 살아 있는 한 꼭 그렇게 할 거예요.

타이터스   자, 나와 함께 병기고에 가자. 루시어스야, 네게 맞는 것을 찾아 주마. 그러면 너는 황후의 두 아들놈들에게 내가 보내는 선물을 갖다 주는 거다. 그 심부름을 해보겠느냐?

소년   네, 그자들의 가슴팍에 단검을 꽂는 것이죠, 할아버지?

타이터스   아냐, 그게 아니다. 다른 방법을 가르쳐 주마. 라비니어도 오너라. 마커스, 넌 집을 보아 주고. 루시어스와 난 궁중에 당당히 들어가 보련다. 꼭 그렇게 하고말고. 그러면 놈들이 일단은 우리에게 잘 대해 줄 것이다. (타이터스, 라비니어 및 어린 루시어스 퇴장)

마커스   아, 하늘의 신들이시여, 착한 자의 신음 소리를 듣지 않으십니까? 또, 불쌍히 여기시고 측은하게 느끼지 않으십니까? 마커스야, 넌 광란한 형님을 돌보아드려야 한다. 형님의 마음은 슬픔의 상처 투성이다. 형님의 방패에 새겨진 하고많은 적들의 칼자욱보다도 훨씬 많다. 그러나 형님은 국법을 존중하여 복수는 하려고 하지 않는다. 아, 신들이시여, 늙은 앤드러니커스 형님을 대신하여 복수를 해주소서! (퇴장)

제 2 장 로마. 궁전의 한 방

한쪽에서 아론, 카이론, 디미트리어스 등장. 다른 쪽에서는 소년 루
시어스와 시종이 한 다발의 무기를 들고 등장. 그 무기에는 시구가
적힌 종이가 감겨 있다.

카이론 디미트리어스 형, 루시어스의 아들이 왔어. 우리
들에게 전갈이 있는 모양이오.

아론 예, 미친 할아버지의 미친 전갈이 왔을 거요.

소년 두 분 전하께 아뢰나이다, 조부님 앤드러니커스의
분부를 받아 두 분께, 삼가 문안을 드립니다. (방백) 로마의
신들이시여, 이 두놈을 파멸시켜 주소서!

디미트리어스 귀여운 루시어스, 고맙다. 무슨 일로 왔지?

소년 (방백) 너희들이 한 짓이 폭로됐다는 것이다. 강간
죄를 범한 악당들이라는 거다 —— (큰 소리로) 황송합니다
만, 제 조부께선 심사숙고하신 다음 병기고에서 제일 좋은
무기를 골라 로마의 희망이신 젊은 두 분께 진상코자 절 보
내셨습니다. 조부의 분부대로 말씀드렸으며 이들 진상품을
두 분께 바치오니 이 무기로 무장하여 사용하시기 바랍니다.
안녕히 계십시오. (방백) 잔인한 악당들아. (소년 루시어스와
시종 퇴장)

디미트리어스 이게 뭐지? 두루마리군, 뭘 잔뜩 써놓았어!
어디 읽어 보자. (읽는다)

결백하고 죄악이 없는 자는
무어인의 창살이 필요없다.

카이론　아, 그건 호레이스의 시구라 잘 알고 있는데. 오래 전에 라틴어 문법책에서 읽은 거지.

아론　그래요, 바로 호레이스의 시구입니다. 말씀대로죠. (방백) 바보는 별 도리가 없군! 이것은 웃어넘길 수 없는 농담인데. 그 할아범이 저자들의 죄를 냄새 맡았군그래, 그래서 저런 시구를 감은 무기를 보낸 거야. 급소를 찔렸는데도 두 양반은 조금도 느끼지 못하고 있단 말야. 눈치 빠른 황후가 일어나셔도 앤드러니커스의 이 엉뚱한 생각을 칭찬하시겠지. 그렇지만 황후껜 당분간 이 어려움을 덮어 두어 편안하게 해두자 —— (큰 소리로) 우린 외국인으로서 더구나 포로로 로마에 끌려왔는데, 이렇게까지 후대를 받다니 두 분은 참으로 행복한 운수를 타고나신 게 아닙니까? 궁전 대문 앞에서 저 호민관을 그자의 형님이 듣고 있는 데서 호통을 쳤을 때는 정말 기분이 좋았지요.

디미트리어스　하지만 위대한 척하던 장군이 이처럼 아첨을 하며 선물을 보내오니 참 통쾌한 일이군.

아론　디미트리어스 전하, 그야 그만한 이유가 있지 않습니까? 왕자님께선 그 사람의 딸을 극진히 대해 주셨지요?

디미트리어스　하고많은 로마의 귀부인들을 모두 꼼짝달싹 못하게 해 하나씩 교대로 우리의 색욕을 채우게 됐으면 좋겠다.

카이론　자비롭고 사랑이 가득찬 소원이군.

아론   어머니께선 아주 좋다고 찬성하실 겁니다.

카이론   어머니가 이 말을 들으면 2만 명은 더 해치우라고 하실 거야.

디미트리어스   자, 우리 저리로 가서 산고중이신 어머니를 위해 신들께 기도하자.

아론   (방백) 악마들에게 기도하는 편이 나을걸. 신들은 이미 우릴 포기한 지 오래 됐다고. (나팔 소리)

디미트리어스   황제의 나팔수가 왜 저렇게 나팔을 불지?

카이론   아마 황태자를 낳아서 기쁘다는 거겠지.

디미트리어스   가만히 있자! 이곳으로 누가 온다.

유모가 흑인 어린아이를 안고 등장.

유모   여러분 안녕하십니까? 그런데요, 저, 무어인 아론 씨를 못 보셨습니까?

아론   글쎄요, 있다면 있고 없다면 없겠지만. 자, 아론은 바로 나요. 도대체 아론에게 무슨 일이오?

유모   아, 아론님. 우린 끝장났습니다! 어서 도와 주세요. 그렇지 않으면 당신은 파멸이에요!

아론   시끄럽소. 암내 풍기는 고양이 같은 울음 소리를 내고 있군! 보기 사납게 싸서 당신 팔에 안고 있는 건 무엇이오?

유모   오, 이것이야말로 신이 봐서는 안 될 거예요. 황후 전하의 수치이자, 로마의 치욕이니까요. 방금 황후 전하께서 낳으셨습니다요.

아론   나으셨다니, 무슨 병이 났었나?

유모 병이 아니라 황후 전하께서 아기를 낳으셨답니다.

아론 어이구, 경사났군그래! 어떤 아이를 낳았소?

유모 악마를 낳았어요.

아론 그렇다면 황후는 악마의 어미군. 재미난 얘기군.

유모 얘기하기도 싫은 불쾌하고 어두운 슬픈 검둥이예요. 이것이 그 아기씨입니다, 이 나라의 아름다운 부인들이 낳은 아기들과 비하면 보기도 징그러운 두꺼비 같은 아기죠. 황후 전하께서 당신의 봉인이 찍힌 아기니 당신께 보내고 당신의 단검 끝으로 세례를 주라는 분부이십니다.

아론 뭐라고? 이 화냥년! 검은 색이 그렇게 천한 색깔이더냐? 귀엽기도 해라, 아름다운 꽃송이다마다.

디미트리어스 이 악당아, 넌 무슨 짓을 했느냐?

아론 무슨 짓을 했기로, 당신이야 도리없는 일이지.

카이론 이놈, 우리 어머닐 망쳤어.

아론 무슨 소리요, 당신 어머닐 즐겁게 해준 것뿐인데.

디미트리어스 이 염병할 개 같은 놈아, 그래서 우리 어머니를 망치게 했단 말이다. 우리 어머니 신세는 끝장이다, 하필이면 저런 고약한 놈을 택하다니! 더러운 악마 새끼, 저주나 받아라!

카이론 이놈의 애새끼를 살려 둘 수 없다.

아론 죽일 순 없다.

유모 아론, 살려 둘 순 없어요. 황후 전하의 분부시니까요.

아론 뭐야, 살려 둘 수 없다고, 유모? 좋다, 그렇다면 딴 사람은 안돼, 내 피붙이니 내 손으로 죽이겠다.

디미트리어스 그 올챙이는 내 칼로 섭산적을 만들겠다. 유모, 이리 주오, 내 칼로 푹 찌를 테니.

아론 내가 먼저 이 칼로 네놈의 내장을 후벼 놓겠다. (유모로부터 어린아이를 빼앗아 칼을 뽑는다) 기다려라, 이 살인마의 악당들아! 네놈들은 자기 동생을 죽일 셈이냐? 이 아이가 잉태됐을 때 하늘에 찬란히 빛났던 태양에 걸고 맹세하거니와 어느 놈이든, 내 맏아들이며, 내 후계자인 이 애한테 손을 대면 이 언월도의 예리한 칼끝으로 참하겠다! 내 말을 똑똑히 들어라. 이 풋나기들, 비록 엔셀러더스가 거인 타이펀족의 무적의 대군을 이끌고 오더라도, 또는 허큐리즈나 군신 마르스가 올지라도 이애를 아버지인 내 손에서 뺏아 갈 순 없다. 이봐, 붉은 안색의 담차지 못한 애송이들아! 흰 벽 같은 맹물들아! 목로주점의 그림 간판 같은 놈들! 석탄 같은 검은 빛은 다른 어떤 빛보다도 훌륭하다. 검은 빛은 다른 빛에 호락호락 물들지도 않고. 백조의 검은 다리는 대양의 물을 다 퍼부어도, 한 시간마다 바닷물에 발을 씻곤 해도 희게 되지 않는다는 말이다. 황후에게 가서 이렇게 전해라, 나도 이제 그만한 나이가 됐으니 자기 자식은 자기가 기를 거라고 말야. 그러니 핑계는 그쪽에서 알아서 대라고.

디미트리어스 네놈은 너의 주인이신 우리 어머니를 이렇게 배신할 셈이냐?

아론 주인이 아니라 그 여자는 어디까지나 나의 여자다, 그렇지만 이 아이는 나 자신이다. 원기왕성한 내 젊은 날의 초상이다. 이 세상에서 무엇보다도 소중한 내 자식이다. 온 천하가 뭐라고 해도 이 자식만은 지킬 테다. 로마에서 어느 놈이고 잘못 놀면 그냥 두지 않겠다.

디미트리어스 이것 때문에 어머니는 영원히 치욕을 뒤집어쓰게 된다.

카이론 로마 사람들이 이 불미스런 일을 알게 되면 어머니를 능멸할 것이다.

유모 황제께선 진노하시어 황후 전하를 사형에 처하실 겁니다.

카이론 이런 치욕은 생각만 해도 얼굴이 탄다.

아론 옳거니, 그건 너희들 흰 안색의 특전이지. 흥, 배신자의 빛깔이라고, 낯짝을 붉힘으로써 마음 속에 감춰 둔 비밀과 계략을 모두 폭로하고 말다니! 하지만 이 아기는 완전히 다른 안색을 지니고 있다. 이 까만 얼굴이 아비를 쳐다보고 빵긋 웃는 걸 봐라. "아빠, 난 아빠의 아들이야." 하고 말하고 있는 것 같잖은가. 이 아긴 너희들의 동생이다, 너희들에게 생명을 준 바로 그 피가 이애의 몸에서도 돌고 있다. 너희들이 갇혀 있던 어머니 뱃속에서 해방되어 이 세상의 빛을 보게 된 거다. 어머니가 보증하는 것이니 틀림없이 이애는 너희들 동생이다, 비록 얼굴에는 나의 도장이 찍혀 있지만 말이다.

유모 아론 나리, 황후 전하께 뭐라고 아뢸까요?

디미트리어스 아론, 잘 생각해 보오. 어떻게 하면 좋을지, 우린 당신의 의견을 따르리다. 우리들이 안전하기만 하다면, 어린아이를 살려도 좋소.

아론 자, 다같이 앉아서 상의해 봅시다. 나와 나의 아들은 당신네들을 경계하기 위해 이쪽에 앉겠소. 당신들은 그쪽

에 앉아서 안전을 위한 묘책을 짜내 보시오. (그들 앉는다)

디미트리어스 이 아길 본 여자가 몇이나 되오?

아론 암, 그래야지요, 전하! 우리가 다같이 한통속이 됐을 때에는 난 온순한 양새끼가 되지만, 날 적대시하게 되면 이 무어인은 성난 멧돼지가 되고, 산속의 암사자가 되오. 용솟음치는 성난 파도도 이 아론의 폭풍은 당할 수 없소. 다시 한 번 묻겠는데, 이 아길 본 사람은 몇이나 되는가?

유모 산파인 코넬리아와 저, 그리고 해산하신 황후 전하뿐, 그외에는 아무도 없습니다.

아론 황후와 산파, 그리고 유모라. 셋째가 없어지고 두 사람만 남으면 비밀을 지킬 수 있겠지. 황후 전하께 가서 이렇게 전하라. (칼을 뽑아 유모를 찌른다) 웩, 웩! 돼지도 이렇게 소리지른다, 꼬챙이에 꽂히면.

디미트리어스 아론, 이게 무슨 짓이오? 왜 이런 짓을 했소?

아론 딱하시군, 이것이 바로 계책이라는 거요. 조잘대는 수다쟁이 여편네를 살려 둬서, 우리들의 범행이 백주에 폭로돼도 상관없단 말이오? 그럴 순 없소, 안 될 말이오. 이제 내 계획을 모두 털어놓으리다. 여기서 멀지 않은 곳에, 내 나라 사람인 뮬리라는 자가 살고 있는데 그의 처가 어젯밤에 애를 낳았고 아이는 어미를 닮아서 당신네들처럼 살갗이 희단 말이오. 그자에게 가서 이야길 걸고, 아기 엄마에겐 돈을 주고 우리 사정을 설명하는 거요. 장차 아기는 출세하게 되고, 황제의 후계자가 된다고 말해 주는 거요. 그럼 크게 기뻐할 것 아니오. 그리하여 내 아이와 바꾸면 궁중에 휘몰아치고 있는 태풍은 숨을 죽이게 될 게 아니겠소. 황제는 그 아이를 자기 자식인 줄 알고 얼싸안고 귀여워할 거요. 자, 들어봐요. 난 저 유모를 영원히 잠들게 했지만, (유모를 가리키면서) 장례는 당신들이 치뤄 줘야 되겠소. 근처에 들이 있고, 당신들은 여자들한테는 친절한 봉사자이니 말이오. 그 일이 끝나면, 빨리 산파를 내게 보내 주오. 산파와 유모만 쥐도 새도 모르게 처치해 버리면, 궁중 부인네들이 아무리 입방아를 찧는다 해도 상관없소.

카이론　아론, 당신은 바람에게까지도 비밀을 맡기지 않는 의심 많은 사람이군.

디미트리어스　그렇게까지 우리 어머니를 염려해 주니 우리 모자는 모두 깊이깊이 감사하오. (디미트리어스와 카이론, 유모의 시체를 끌고 퇴장)

아론　자, 고드족에게 제비처럼 빨리 날아가자. 내 품안의 이 보물을 맡기고, 황후 쪽의 사람들과 몰래 만나는 거다. 자, 이 입술 두꺼운 놈아, 널 데리고 가겠다. 네 덕택에 이런 처지가 돼 버렸다. 앞으론 열매와 나무뿌리, 또 응유(凝乳), 유장(乳漿)을 먹고, 염소 젖을 빨고, 동굴 속에서 살면서 일군을 통솔하는 대장군이 돼야 한다. (아기를 안고 퇴장)

제3장 로마. 궁전 앞

타이터스가 미친 사람처럼 차리고 등장. 그의 많은 화살 끝에는 편지 하나하나가 꽂혀 있다. 그 뒤에 마커스, 소년 루시어스, 마커스의 아들 퍼블리어스, 타이터스의 근친인 셈프러니어스, 카이어스 및 그밖의 사람들이 제각각 활을 들고 등장.

타이터스 자, 자, 마커스, 친척 여러분, 이쪽이오. 얘, 루시어스야, 네 활 솜씨를 보여 다오. 자, 힘껏 잡아당겨봐, 바로 그거다. 정의의 여신 아스트리아는 이미 이 세상에서 떠나 버렸다. 마커스, 알겠는가? 정의의 여신은 떠나 버렸어, 아주 사라져 버린 거야. 자, 모두들 연장을 들어라. 너희 조카들은 바다를 찾아 봐라, 투망을 던져 보는 거다. 운이 좋아 정의의 여신이 그물에 걸릴지도 모른다. 그러나 그곳에도 육지처럼 정의가 있을 리 없다. 아니다! 이번엔 퍼블리어스와 셈프러니어스가 하는 거다. 자네들은 괭이와 삽으로 땅을 파는 거다. 파고 또 파서, 지구의 가장 깊은 중심까지 파내려가야 한다. 그리하여 명부(冥府)의 신 플루토의 영지에 닿거든 이 탄원을 내다오, 정의와 도움을 주십사 해다오. 탄원하는 사람은 로마에서 배은망덕을 당한 슬픔에 잠겨 있는 늙은 앤드러니커스입니다라고 아뢰어라. 아, 로마여! 그렇다 그래, 널 비참하게 만든 건 바로 나다. 나에게 이처럼 간악한 고통을 주는 폭군을 민중의 추천권을 행사하여 보위에 오르게 한 것이 바로 내가 아닌가. 자, 어서 가봐라. 이 잡듯이 찾아라. 부탁이다, 군함은 한 척도 **빼놓**지 말고 조사해라. 저 간악한 황제가 정의의 여신을 배에 태워서 내보냈는지도 모른다. 친척 여러분, 우리는 다같이 정의의 여신을 찾으러 갑시다.

마커스 오, 퍼블리어스, 훌륭하신 백부님께서 이처럼 정신 이상이 되시다니, 얼마나 애통스러운 일이냐?

퍼블리어스 아버지, 그러니까 우리는 주야를 막론하고 백부님을 성의껏 보살펴 드려야 합니다. 그러면 시간이 좋은 치료법을 마련해 줄지 모르니 그때까지 될 수 있는 한 비위를 맞춰 드려야 됩니다.

마커스 친척 여러분, 형님의 슬픔은 나을 길이 없습니다. 우린 고드족과 힘을 합해 복수전을 벌여, 배은망덕한 로마에 앙갚음을 하고, 배반자 새터나이너스에게 원수를 갚읍시다.

타이터스 퍼블리어스, 어찌됐느냐! 여러분, 어찌됐소! 그래, 정의의 여신을 만났는가?

퍼블리어스 아닙니다, 백부님. 그러나 명부의 신 플루토가 말하기를, 복수의 여신이면 지옥에 있으니 빌려 주겠다고 했습니다. 하지만 정의의 여신은 하늘에서 조브 신의 일을 돌보고 있거나, 아니면 어딘가 다른 곳에 가 있기 때문에 좀 기다리셔야 된다고 했습니다.

타이터스 너무하다, 마냥 더 기다리라니. 지옥의 불바다에라도 뛰어들고, 지옥의 강에서라도 정의의 여신의 발목을 붙잡고 끌어내겠다. 마커스, 우린 관목이지 큰 삼나무는 아니다. 사이클롭스 같은 거인의 **뼈**대를 가진 인간이 아니야. 마커스, 우리 몸은 쇠붙이고, 등 또한 강철로 돼 있단 말이다. 그러나 그 등뼈도 삐뚤어질 정도로 억울한 일을 당하고 있다. 이제 이 지상에도, 지옥에도 정의라는 건 없다. 그러니 하늘에 호소하여 신들의 마음을 움직여, 정의의 여신을 이 지상에 보내 달라고 하자, 우리의 원한을 풀어 달라고 말이지. 그럼 일을 시작하자. 마커스, 넌 궁술의 명수이겠다. (그들에게 화살을 나눠 준다) 조브 신에겐 이걸. 이건 아폴로 신에게. 마르스 신에겐 내가 보내겠다. 애야, 넌 팰러스에게. 이건 머큐리에게. 자, 카이어스, 이건 새턴에게 보내는 거다. 새터나이너스에게 보내는 게 아니다! 그건 바람을 향해서 쏘는 격이 되니까. 알겠지, 애야! 마커스, 내가 쏘라고 하면 쏘는 거다. 편지 글귀는 내가 잘 써놓았다. 모든 신에게 간청하는 것이니까.

　　마커스　친척 여러분, 궁정을 향해 화살을 쏘십시오. 저 오만한 황제에게 혼줄을 내줘야 합니다.

　　타이터스　자, 여러분, 당기시오. (다들 화살을 쏜다) 오, 잘한다, 루시어스! 잘했어, 버고(처녀자리)의 무릎에 떨어졌다! 팰 할러스에게 주어라.

　　마커스　형님, 전 달 너머 일 마일 되는 곳을 겨누었습니다. 형님 편지는 이미 주피터 신에게 당도하였을 겁니다.

　　타이터스　하, 하! 퍼블리어스, 퍼블리어스, 무슨 짓이냐? 저것 좀 봐라, 넌 토러스(황소자리)의 뿔을 하나 떨어뜨렸구나.

　　마커스　형님, 즐거웠습니다. 퍼블리어스가 활을 쏘자, 그 화살에 맞은 소(황소자리)가 상처를 입고 뛰어 애리스(수양자리)에게 부딪치는 바람에 양의 두 뿔이 부러져 로마 궁정에 떨어졌어요. 그런데 그것을 주운 자는 황후의 노예였지 않겠습니까? 황후가 웃으면서, 그 무어놈에게 이 뿔은 오쟁이진 황제에게 진상하라고 했다지 뭡니까.

타이터스　그것 참 잘됐군. 하느님이 황제에게 기쁨을 주는 거지!

어릿광대가 광주리에 든 두 마리의 비둘기를 가지고 등장.

들어 봐라, 하늘의 소식이다! 마커스, 사자가 왔다. 그래, 무슨 소식인가? 서찰을 가져왔나? 정의의 여신이 와주는가? 주피터 신은 뭐라고 하던가?

어릿광대　아, 지베터(교수집행인)(역자주 : 주피터를 잘못 듣고) 말인가요? 다음 주까지 교수형이 연기되어 판 구덩이를 다시 메웠다고 하던데요.

타이터스　내가 묻는 건 주피터 신이 무엇이라고 말하더냐 이 말이다.

어릿광대　아아, 나으리, 소인은 주피터가 누구인지 모르는뎁쇼, 한 번도 술을 마셔 본 적이 없어서요.

타이터스　야, 이 악당아, 그럼 서찰도 안 가져왔단 말이냐?

어릿광대　예, 서찰이 아니라 비둘기를 가지고 왔을 뿐이죠.

타이터스　그럼 하늘에서 온 사자가 아닌가?

어릿광대　하늘에서요! 천만에요. 그런 곳에서 온 게 아니죠. 소인은 이렇게 젊은데 천국의 사자라뇨. 하느님께선 내가 죽어서 하늘에 밀고 들어가라고 한 적도 없어요. 소인은 그저 비둘기를 가지고 호민관에게 가는 길이죠. 소인의 숙부와 황제 폐하의 하인 사이에 송사가 생겨 잘 봐달라고 부탁하려고요.

마커스   형님 참 잘되었습니다. 형님의 상소를 전할 좋은 기회가 생겼습니다. 이 사람을 통해 저 비둘기를 황제에게 바치는 것으로 하면 말입니다.

타이터스   넌 황제에게 겸손하게 상소문을 전할 수 있겠느냐?

어릿광대   웬걸요. 겸손인지 겉치렌지 한번도 해본 적이 없는걸요.

타이터스   이리 와라. 뭐 별로 어려울 것 없다. 아무 소리 말고 그 비둘기를 황제에게 갖다바치면 된다. 나한테서 왔노라고 아뢰면 반드시 공정한 판결을 받게 될 거다. 잠깐 기다려! 자, 수고 값이다. 펜과 잉크를 가져오너라. 이봐라, 이제 넌 청원서를 바칠 수 있겠느냐?

어릿광대   예, 나으리.

타이터스   자, 이게 청원서다. 어전에 나가선 먼저 부복한 뒤 황제 발에 입을 맞춘 다음, 비둘기를 진상하는 것이다. 그러고는 보상을 기다리는 거다. 내가 가까이 있을 터이니 잘해라.

어릿광대   문제없습니다요. 나으리, 저에게 맡겨 주십쇼.

타이터스   이봐라, 단도를 가지고 있느냐? 어디 보자. 마커스, 이걸 그 상소문 속에 싸넣어 주게. 자 됐다, 이제 경건한 청원서가 됐다. 이것을 황제에게 바친 다음, 내 집에 와서 황제가 하신 말씀을 전하라.

어릿광대   안녕히 계십시오, 그렇게 하겠습니다요.

타이터스   자, 마커스, 가자. 퍼블리어스도 따라오너라.

(모두 퇴장)

제 4 장 로마. 궁전 앞

새터나이너스, 타모라와 황후의 두 아들 디미트리어스, 카이론, 그리고 귀족들 및 다른 사람들 등장. 새터나이너스는 타이터스가 쏜 몇 개의 화살을 손에 들고 있다.

새터나이너스 귀족 여러분, 이 얼마나 무엄한 짓이오! 로마 황제가 일찍이 이렇게 위협을 받고, 이렇게 모욕을 당하고 이렇게 정면으로 항의를 받은 적이 있었소? 공평한 정치를 시행하고 있는데 이처럼 멸시당한 적이 있었소? 신들도 굽어보고 경들도 아다시피 이 나라의 평화를 교란하는 무리들이 민중의 귀에다 뭐라고 쑥덕거리더라도 늙은 앤드러니커스의 멋대로 자란 아들들에게 내린 처벌은 어디까지나 국법에 의한 것이오. 비통 때문에 정신 이상이 되었다 해서 그것이 어떻단 말이오? 이처럼 그의 원한, 발작, 광기, 독설에 시달려야 된단 말이오? 그는 이제 하늘에 보복을 열망하는 서찰을 썼소. 보시오, 이것은 주피터 신에게, 이것은 머큐리 신에게, 이것은 아폴로 신에게, 이것은 군신에게 보낸 서찰이오. 이런 것이 로마 시내를 날아다니다니 알맞은 소용돌이라 할 것이겠지! 그러나 이것은 원로원에 대한 비방이고 과인의 부정을 온 천하에 떠들어 대려는 것이 아니오? 여러분, 그럴 듯한 농담이 아니오? 로마엔 정의가 없다니 얼마나 우스운 농담이겠소. 하나 내가 살아 있는 한, 이 거짓으로 미친 짓이 이런 난폭한 행동을 감춰 둘 곳이 될 수는 없소. 새터나이너스가 건재하는 한, 정의의 신이 살아 있다는 것을 앤드러니커스와 그의 무리에게 알려 주겠소. 만일 정의의 신이 잠자고 있다면, 내가 깨우리다. 그러면 가장 오만한 모반자의 목은 단칼에 잘려나가게 될 것이오.

타모라　인자하신 황제 폐하, 신첩의 생명의 주인이시며, 마음의 지배자이신 경애하는 황제 폐하, 고정하시고 늙은 타이터스의 죄를 용서해 주시지요. 이는 용감한 아들들을 잃은 슬픔이 너무 커서 가슴을 찌르고 마음을 상하게 한 데서 온 것입니다. 비록 무엄한 짓을 하였다 할지라도, 그처럼 천한 자나, 선량한 자에게는 벌을 주시느니보다 위로해 주시는 것이 좋을 듯하나이다. (방백) 영특한 타모라는 이렇게 말을 잘해서 한몫 보는 것이다. 하나 타이터스, 어때, 틀림없이 급소를 다쳤지? 이제 네 여생도 얼마 안 남았다. 아론만 약삭빠르게 해준다면 모든 것은 안전하다. 배는 이미 항구에 들어가 닻을 내렸잖은가.

어릿광대 등장.

여봐라, 무슨 일이냐! 내게 할 말이라도 있느냐?

어릿광대　예, 그렇습니다, 마님께서 황제시라면 말입니다.

타모라　난 황후이다. 황제께선 저쪽에 계시다.

어릿광대　아, 저분이군. 하느님과 성 스티븐께서 폐하에게 복을 내리소서! 서찰과 두 마리의 비둘기를 가지고 왔습니다. (새터나이너스, 편지를 읽는다)

새터나이너스　여봐라, 이자를 끌고 가서 당장 목을 베라!

어릿광대 상금은 얼마나 받게 됩니까?

타모라 이놈아, 네 목을 베는 거야.

어릿광대 목을 베요! 어렵쇼, 이런 꼴을 당하려고 이 목을 갖고 왔단 말인가? (호위되어서 퇴장)

새터나이너스 무모하고 도저히 감내할 수 없는 부정이다! 이처럼 가증스런 악행을 그대로 놔두란 말이냐? 이 계책이 어디서 나왔는지는 알고 있다. 그런데 참으란 말이냐? 내 아우를 살해하였으니, 법에 따라 모반자인 그의 아들들을 사형한 것인데 그것을 마치 내가 부당하게 학살한 것처럼 떠들어대다니! 여봐라, 그놈의 머리채를 잡고 이리 끌고오너라. 그놈의 나이도 명예도 이젠 특권이 되지 않는다. 이 거만한 조롱의 보답으로 내가 너를 죽이겠다. 교활하고 미친 늙은이, 날 도와서 황제의 자리에 오르게 한 건, 네가 로마와 날 지배하려던 속셈이렷다.

  넌티어스 이밀리어스 등장.

무슨 일이 있느냐, 이밀리어스?

이밀리어스 귀족 여러분, 전쟁 준비를 하십시오! 로마에 전에 없었던 난리가 일어납니다. 고드족이 대군을 일으켜, 약탈을 일삼으며 파죽지세로 로마로 쳐들어오고 있습니다. 지휘하는 자는 앤드러니커스 노인의 아들 루시어스입니다. 그자는 옛날 로마에서 쫓겨났던 복수를 하려고 돌아온 코리올레이너스와 똑같은 짓을 한다고 위협하고 있습니다.

새터나이너스 맹장 루시어스가 고드군의 총지휘관이라고? 이 소식은 내 마음을 시들게 하고 머리를 떨구게 하는구나, 서리 맞은 꽃이나 비바람에 쓰러진 풀처럼. 그렇다, 이제 슬픔이 다가오고 있다, 그자는 민중들의 사랑을 크게 받고 있다. 내가 평민 복장으로 변장해 시내를 미행하면, 민중들이 루시어스의 추방은 부당한 처사라고 비난하고, 그자를 로마 황제로 모시고 싶다고 말하는 것을 자주 들었잖은가.

타모라 어이하여 두려워하십니까? 로마는 강하고 결코 무너지지 않습니다.

새터나이너스 암, 하지만 시민들은 루시어스를 좋아하오, 날 모반하고 그자 편이 될 거요.

타모라 폐하, 황제이시니 황제다운 금도를 지니십시오. 모기가 날아든다고 태양빛이 흐려집니까? 독수리는 작은 새들이 재잘거려도 내버려둡니다, 노래의 뜻을 알려고도 하지 않습니다. 날개를 펼치기만 하면, 그들의 노래를 수시로 그만두게 할 수 있다는 걸 알고 있으니까요. 황제에게, 줏대 없는 로마의 시민들은 독수리 앞에 참새 바로 그것입니다. 안심하십시오, 폐하. 신첩이 늙은 앤드러니커스를, 보다 달콤하고 보다 위험한 말로 홀려 놓겠습니다. 고기를 낚는 미끼와 양에게 주는 토끼풀꽃이니, 미끼는 고기에 상처를 주고 토끼풀꽃은 양에게 배탈을 일으킨답니다.

새터나이너스 그렇지만 그자는 우리를 위해 아들에게 탄원하진 않을 거요.

타모라 그러나 타모라가 간청하면 들어줄 겁니다. 신첩은 황금 같은 약속을 해주며 늙은이의 귀를 즐겁게 채워 줄 것이니까요. 설령 그의 마음이 아무리 완고하다 해도, 그의 귀가 아무리 막혀 있다 할지라도 신첩의 말에 그의 귀와 마음이 따라올 것입니다. (이밀리어스에게) 자, 그대는 황제의 사절로 먼저 가서 이 말을 전해 주오. 황제가 싸우기 전에 회담을 갖자고 하신다고. 회견 장소는 그의 아버지 앤드러니커스의 저택으로 하고.

새터나이너스 이밀리어스, 이 사명을 훌륭히 완수해 다오. 만약 그쪽에서 일신의 안전을 위하여 인질이 필요하다고 하면 어떠한 조건이라도 받아 주겠다고 말해 주게.

이밀리어스 분부대로 거행하겠습니다. (퇴장)

타모라 그럼, 신첩은 앤드러니커스를 찾아가서, 모든 수단을 동원하여 그의 마음을 부드럽게 해 오만한 루시어스를 호전적인 고드족으로부터 끌어내겠습니다. 그러니 황제 폐하께선 밝은 얼굴을 되찾아 모든 것은 신첩의 수단에 맡기시고, 심려를 털어 버리십시오.

새터나이너스 그러면 어서 가서 설득하여 주오. (모두 퇴장)

제 5 막

신이시여,
조국 로마의 상처를 아물게 하고,
로마의 재앙을 도려낼
통치력을 주소서!
ㅡ3장 루시어스의 대사 중에서

제1장   로마 부근의 평원

나팔 소리. 루시어스와 고드군 등장. 고수와 기수가 따른다.

루시어스   역전의 용사들이여, 나의 충성스런 전우들이여, 대 로마로부터 서신이 왔습니다. 로마의 민중들은 황제를 증오하고 있으며 우리를 만나게 되기를 갈망한다고 합니다. 그러하오니 왕후(王侯) 여러분, 여러분의 작위가 입증하듯이 여러분이 받은 굴욕에 대해 왕후답게 위풍당당하게 보복을 하십시오. 로마로부터 피해를 입은 사람은 그 원한을 세 배로 갚아 주는 겁니다.

고드인 1   위대한 앤드러니커스 장군을 줄기로 하는 젊은 가지의 장군님, 춘부장님의 이름은 한때 우리들의 공포였습니다만, 지금은 우리의 믿을 곳입니다. 배은망덕한 로마는 그분의 영예스러운 공적을 심한 모욕으로 보답하였습니다. 하지만 우린 어느 곳에서든 당신의 지휘에 따르겠습니다. 침으로 무장한 벌떼들이 무더운 여름날 그들의 두목을 따라서 꽃이 핀 들판으로 출전하듯이 말입니다. 배신자 타모라에게 복수를 하고 말겠습니다.

고드인 일동   우리들 일동도 저분 말과 똑같은 각오입니다.

루시어스   말씀하신 분이나 여러분에게 깊이 감사드립니다. 누구냐, 굳건한 고드인이 끌고 오는 자가 누구지?

고드인 한 사람이 아론을 끌고 등장. 아론은 먼저 장면의 아기를 품에 안고 있다.

고드인 2   영명하신 루시어스 각하, 실은 소인이 부대를 떠나 폐허가 된 수도원을 살펴보고 있었습니다. 그런데 황폐한 건물을 한참 들여다보고 있는데, 갑자기 벽 밑에서 아기의 울음 소리가 들리지 않겠습니까. 울음 소리가 나는 곳으로 가보니 바로 우는 아이를 이렇게 달래는 소리가 들리더군요. "울지 마라 반은 나를 닮고 반은 네 어미를 닮은 이 깜둥아! 네 얼굴이 그런 꼴로 태어나지 않고 어미의 얼굴을 닮아 누구의 자식인지 모르게 태어났다면, 이놈아 넌 황제가 될 수도 있었을 텐데 말이다. 그러나 아비 소도 어미 소도 둘다 우윳빛처럼 희다면 석탄처럼 검은 송아지는 태어나지 않는 법이다. 울지 마라, 이놈아, 울지 마!"──이렇게 아기를 얼르고서는──"넌 믿음직한 고드인한테로 데리고 갈 거다. 네가 황후의 아들이라는 걸 알게 되면 어머니 탓으로 널 애지중지 다룰 거다." 이렇게 말하잖겠어요. 저는 칼을 뽑아 들고, 그자에게 덤벼들어 바로 잡아서 여기로 끌고 왔으니, 필요한 조치를 취하여 주시기 바랍니다.

루시어스   오, 수고했소. 그놈이야말로 아버지 앤드러니커스의 귀중한 손을 자른 악마의 화신이며, 타모라의 눈을 즐겁게 한 진주요, 황후의 정욕의 비천한 열매가 이 아이요. 야, 이 발칙한 악당, 네 악마 같은 낯짝을 빼닮은 아이를 어디로 데리고 간다는 말이냐? 왜 말이 없느냐? 귀머거리더냐? 벙어리고? 병사들아, 밧줄을! 이놈을 나무에 매달라, 그

옆에 이 불의의 씨도 매달라.

아론 이 아이에게 손대지 마라. 왕족의 피가 흐르고 있는 아이다.

루시어스 아비를 쏙 빼닮았으니 착한 사람이 될 수도 없다. 아이를 먼저 매달아, 손발이 뻗는 꼴을 이놈에게 보여 줘라. 아비의 혼이 고통에 신음하게 사다리를 가지고 오너라. (병사가 사다리를 가지고 오자, 아론으로 하여금 그 사다리에 올라가게 한다)

아론 루시어스, 그 아이만은 살려 주오, 내가 보낸 거라고 말하고 황후에게 데려다 주오. 그렇게만 해준다면 놀라운 정보를 말해 주리다. 들으면 크게 유익할 거요. 당신이 원치 않는다면 마음대로 처리하라. 너희놈들은 모두 복수를 당해 문드러져라, 내가 할 말은 이 말뿐이다!

루시어스 말해 보라. 네 말이 내 마음에 든다면 이 아이를 살려 주마, 잘 길러도 주겠고.

아론 마음에 든다면이라고! 천만에, 루시어스, 내 얘길 듣고 나면 당신 영혼은 괴로워 죽을 거요. 내가 말하려는 건 살인, 강간, 학살, 캄캄한 밤의 모진 소행, 지긋지긋한 행실들이오. 악의 배신, 포악한 음모요. 듣기만 해도 가슴 아픈 일이나, 가엾게도 일어났던 일이오. 당신이 내 아이를 살려 주겠다고 맹세하지 않는 한 내가 죽어 버리면 그것들은 영원히 어둠 속에 매장되고 마오.

루시어스 그럼 네 마음 속을 털어놔 봐라. 아이의 목숨은 살려 주겠다.

아론 살려 주겠다고 맹세를 하면 얘길 하겠소.

루시어스　누구를 두고 맹세를 하지? 넌 신을 믿지 않지? 그렇다면 어떻게 맹세인들 믿을 수 있겠는가?

아론　그래서 어떻단 말이오? 난 분명히 신을 믿지 않아. 그러나 당신은 신앙심이 깊고, 양심이라는 걸 가슴 속에 가지고 있고, 법왕이 만든 절차라든가 의식 따위를 소중히 지키고 있다는 걸 잘 알고 있으니 맹세를 하라는 거요. (방백) 바보는 어릿광대의 지팡이도 신으로 알고, 그 신에 서약한 것을 지키니까 맹세하라는 거다. ──(큰 소리로) 그러니 어떠한 신이라도 좋소, 당신이 존경하고 믿고 있는 신에 두고 맹세하오. 이 아이의 목숨을 살려 주겠다, 훌륭히 기르겠다고. 그렇지 않으면, 아무 말도 하지 않겠소.

루시어스　그렇다면 내가 그렇게 할 것을 내가 믿는 신에 두고 맹세한다.

아론　첫째, 그 아이는 내가 황후께 낳게 한 아이요.

루시어스　아, 세상에 둘도 없는 음란한 년!

아론　흥, 루시어스, 그것쯤은 자선행위요, 지금부터 털어놓을 얘기에 비하면 말이지. 배시에이너스를 죽인 자는 황후의 두 아들이오. 그자들이 당신 누이동생의 혀를 자르고 강간도 했소. 양 손목을 잘라, 당신이 봤듯이 깨끗하게 다듬어 놓은 것도 그자들이오.

루시어스　이 천하에 고약한 악당놈아! 뭐 깨끗하게 다듬어놓았다고?

아론　그렇지만 당신 누이동생을 말이오, 그들이 씻어 주고, 잘라 주고, 산뜻하게 다듬어 줬지 뭐요. 또 그짓을 한 놈들에게도 삼삼한 심심풀이가 됐고.

루시어스 오, 포악한 짐승 같은 놈들, 너와 똑같은 놈들이다!

아론 그럴 거요, 실은 내가 그들을 가르친 스승이니까. 화투장을 잡으면 꼭 장땡을 치고야 말 듯 한 번 눈독을 들이면 기필코 목적을 달성하고 마는 그들의 음란한 색정은 어미로부터의 유전이고, 싸울 땐 상대를 정면으로 물어뜯는 맹견 같은 사나운 기질은 내가 배워 준 거요. 어쨌든 내가 한 짓을 갖고 날 평가하오. 배시에이너스의 시체가 있는 함정으로 당신 동생들을 데려갔던 것도 나요. 당신 아버지가 주운 밀서도 내가 썼고. 왕비와 그 두 아들과 공모하여 그 밀서가 언급한 황금을 감춰뒀던 것도 나요——당신이 이를 갈며 분하게 여기는 일치고 무엇 하나 내가 손대지 않은 악행은 없소. 당신 아버지를 속여서 손을 자르게 한 것도 나요. 그 손목을 받고 혼자 있게 되었을 때 어찌나 웃었던지 심장이 터질 뻔했소. 당신 아버지가 자기 손 대신에 두 아들의 목을 받는 것을 벽틈으로 보았는데, 우는 꼴을 보고 어찌나 웃었던지 웃다 못해 눈에서 눈물이 비오듯 삐져나왔소. 이 재미난 얘길 황후에게 해주었더니, 황후도 재미있어하며 웃음보가 끊이지 않아 기절할 뻔했고, 좋은 소식을 알려 주었다 하여 스무 번씩이나 나에게 키스를 해주었소.

고드인 1 고얀 놈, 그런 얘길 털어놓으면서 얼굴 하나 붉히지 않아?

아론 아암, 새까만 개는 얼굴을 붉히지 않는다고 하지.

루시어스 그렇게 악독한 짓을 하고서도 후회하지 않느냐?

아론 후회하고말고, 악한 일을 훨씬 더 많이 하지 못했으니. 지금도 저주하고 있지 ──눈부실 정도로 나쁜 짓을 하지 않고 보낸 날을 말이오. 실은 그런 날은 며칠 안 되지만 ──하지 않은 날들이 비록 많지는 않으나 있었다고 생각되니까 말이지. 말하자면 사람을 죽인다든가, 사람을 죽이게 할 음모를 꾸민다든가, 처녀를 강간한다든가, 또는 강간할 방도를 계획한다든가, 죄없는 자를 무고하게 위증해서 유죄가 되게 한다든가, 친구 사이를 이간시켜 서로 원수가 되게 한다든가, 가난한 사람들의 가축의 목이 분질러지게 한다든가, 남의 집 광과 건초더미에다가 밤중에 불을 질러, 그 주인들에게 그들의 눈물의 비로 불을 꺼보라고 한다든가, 등등의 일 말이오. 자주 무덤에서 시체를 파내어, 죽은 자의 친구들이 슬픔을 잊을 만할 때 집 문턱에다 시체를 세워 두고 그 시체의 피부에다 내 칼로써 나무껍질에다 새기듯이, 로마 문자로 "난 죽지만, 너희들의 슬픔은 죽지 않는다"라고 새겨 놓지. 흥, 내가 저지른 끔찍한 일은 그야말로 부지기수지만 난 그런 짓을 사람들이 파리 한 마리 잡듯이 저질렀고 전혀 내 마음에 안됐다고 느껴본 일도 없으나, 오직 섭섭한 일은, 몇천 몇만의 끔찍한 일을 더는 하지 못하게 됐다는 것이오.

루시어스 그 악마를 끌어내려라, 저놈은 교수형으로 안락하게 죽일 순 없다.

아론 악마가 있을 수 있다면, 난 그 악마가 되어 영겁의 불꽃더미 속에서 살며 타며 할 것이다. 그러다가 당신네들을 지옥에서 만나서 독설로 당신네들을 괴롭혀 주고 싶다!

루시어스 여러분, 저놈의 입을 틀어막아 더이상 말하지 못하게 하시오.

이밀리어스 등장.

고드인 3 각하, 로마에서 사자가 왔습니다. 뵙고자 한답니다.

루시어스 이리 들어오게 하라. 어서 오시오, 이밀리어스. 로마로부터의 소식은?

이밀리어스 루시어스 각하, 그리고 고드의 왕후 여러분, 로마 황제가 저를 통해 여러분께 인사드립니다. 황제께서는 각하께서 거병하신 것을 아시고 각하의 춘부장 저택에서 협상을 하고자 하십니다. 그리고 인질을 요구하신다면, 곧 보내 드리겠답니다.

고드인 1 장군의 의향은 어떠십니까?

루시어스 이밀리어스, 인질을 나의 가친과 숙부 마커스께 보내 주면 회담에 참석하겠다고 황제께 전하시오. 자, 진군이다. (나팔의 화려한 취주. 모두 퇴장)

제 2 장　로마. 타이터스 저택 앞

타모라와 두 아들 디미트리어스와 카이론이 변장하고 등장. 타모라
는 복수신으로, 디미트리어스는 강간의 사신(使神)으로, 카이론은
살인의 사신으로서.

타모라　이처럼 기괴하고 음침한 변장으로 앤드러니커스
를 만나, 나는 지옥에서 온 복수신인데 그와 힘을 합쳐, 그가
받은 부당한 처사에 대하여 벌을 주기 위하여 왔다고 말하
겠다. 그놈 서재의 문을 두들기자. 무서운 복수를 할 계책을
짜내려고 마냥 서재에 파묻혀 있다는 소문이다. 복수신이 찾
아왔으니 이제 힘을 합쳐 적들을 파멸시키자고 전해라.

　그들이 노크한다. 타이터스 서재의 문을 연다.

타이터스　내 명상을 깨는 자가 누구냐? 네 속셈은 나로
하여금 문을 열게 하여, 골똘히 생각한 것을 날려 버리고 모
처럼 짜낸 나의 연구를 수포로 만들려는 수작이렷다. 어림없
다. 내가 계획한 일을 보라, 혈서로 적어 놓았다. 적어 놓은
것은 반드시 실행하고 만다.

타모라　타이터스, 난 당신과 할 얘기가 있어서 찾아왔어
요.

타이터스　사양하겠소, 난 한마디도 할 수 없소. 말을 하
려면 손짓도 해야 되는데 손이 없으니 어떻게 말을 잘하겠
소? 그러니 승산은 당신에게 있으니 그만두겠소.

타모라 내가 누군지 안다면, 나와 얘길 하고 싶어질 거요.

타이터스 난 미치지 않았소. 난 당신을 잘 알고 있소. 이 나무토막 같은 비참한 손목이 또 이 혈서가 증인이오. 비정한 슬픔과 근심으로 새겨진 이 깊은 주름이 증인이오. 울적한 낮과 심통으로 잠못 이루는 밤이 증인이오. 모든 슬픔이 다 증인이란 말이오. 당신을 잘 알고 있소, 당신은 거만한 황후요, 막강한 타모라요! 당신은 남은 내 손마저 뺏아가려고 왔소?

타모라 오, 너무나 슬프다 보니 사람을 잘못 보는군. 난 타모라가 아니오. 그녀는 당신의 원수지만, 난 당신 편이오. 지옥에서 파견된 복수신이란 말이오. 당신의 원수들에게 복수를 하고, 밤낮으로 당신의 심장을 쪼아먹는 독수리를 달래려고 온 거요. 자, 아래로 내려와서 날 밝은 인간세계로 맞아들여 살인과 죽음에 대한 얘길 합시다. 어떤 깊은 동굴도, 은폐장소도, 광막한 어둠 속도, 안개 짙은 골짜기도, 잔인한 살인자나 가증할 강간자가 겁이 나 숨어 있어도 기어코 찾아내어, 그놈들 귀에다 '복수신'이란 무서운 내 이름을 들려줘 벌벌 떨게 할 거요.

타이터스 당신이 복수신이오? 내 원수들에게 고통을 주기 위해 지옥에서 온 거란 말이오?

타모라 그렇소. 그러니 내려와서 날 맞아들여요.

타이터스 내려가기 전에 해줄 것이 있소. 보시오, 당신 옆에 강간자와 살인자가 서 있잖은가, 당신이 복수의 여신이라는 걸 입증하기 위해 그들을 찔러 죽이든지 당신의 전차

바퀴에 묶어서 찢어 죽여 봐요. 그러면 내가 내려가서 당신의 마부가 되어, 당신과 함께 이 지구 어느 곳이든 달리겠소. 흑옥같이 검은 준마 두 마리를 마련해서 원수를 갚는 당신의 수레를 끌고 바람같이 질주시켜 죄악의 동굴 속에 숨어 있는 살인자들을 찾으리다. 그리고 그 마차에 놈들의 목을 실으면 난 마차에서 뛰어내려 비천한 마부처럼 차바퀴를 따라 온종일 태양신이 하이퍼리온 동쪽에서 솟아오르고 서쪽 바다에 떨어질 때까지 빠른 걸음으로 따라가겠소. 그리고 매일매일 이 힘든 일을 계속할 것이니 거기 있는 강간자와 살인자를 죽여 주오.

타모라 이들은 내 부하요, 그러니 따라온 거요.

타이터스 당신 부하라? 이름이 뭐요?

타모라 강간과 살인이오. 그런 짓을 한 자들에게 복수를 하는 것이 이들의 역할이기 때문에 그렇게 부르는 거요.

타이터스 이럴 수가! 황후의 아들들을 영락없이 닮았군. 그리고 당신은 황후고! 우리 인간의 눈이란 정말 보잘것없고, 미치광이요, 제대로 보지 못하는군. 오오, 고마우신 복수의 여신, 곧 그리로 내려가리다. 한쪽 팔의 포옹이라도 좋다면, 지금 곧 포옹하겠소. (이층 무대에서 퇴장)

타모라 어물쩡하는 것이 미친 놈을 다루는 데는 약이 된다. 내가 저 미친 놈의 비위를 맞추느라고 무슨 소릴 하든 너희들은 나를 받들며 내 말에 맞장구를 쳐야 한다. 저자는 지금 날 복수의 여신이라고 알고 있다. 그리고 제정신이 아니고 미쳐 있기 때문에 내 말을 그대로 곧이들을 것인즉, 난 그의 아들 루시어스를 불러오게 하겠다. 그리고 그놈을 연회

석에 잡아두고, 급히 교묘한 계략을 생각해 내서 경망한 고 드인들을 해산시켜 버리거나, 아니면 그놈의 적으로 만들어 버리겠다. 저길 봐라, 이제 온다, 내 계획을 실천할 것이다.

타이터스 평무대로 나온다.

타이터스   난 오랫동안 적적하게 살아 오면서 당신 오기를 무척 고대했소. 복수의 여신이시여, 이처럼 슬픔에 찬 집을 찾아 주어 고맙소. 강간과 살인 두 사람도 잘 오셨소. 당신들은 정말 황후와 황후의 두 아들을 너무나 닮았소! 여기에다 무어인만 끼였다면 금상첨화였을 거요. 지옥을 샅샅이 뒤져도 그 같은 악마를 구할 수는 없었단 말인가? 황후가 가는 곳에는 언제나 그 무어인이 그림자처럼 따르는 것으로 되어 있는데. 당신이 정말로 황후처럼 보이고자 했다면 그런 악마를 데리고 왔더라면 그럴 듯했을 걸 그랬소. 그렇지만 잘 오셨소. 자, 이제부터 어떻게 하면 좋겠소?

타모라   앤드러니커스, 소원을 말해 보시오.

디미트리어스   살인자를 알려 주면 당장 그놈을 처치하겠소.

카이론   강간한 놈을 일러 주시면 요절을 내리다. 난 그 때문에 왔으니까요.

타모라   당신을 괴롭힌 자들의 이름을 대시오, 몇천 명이라도 좋으니 원한을 풀어 줄 것이오.

타이터스   악의에 가득찬 로마의 거리를 다니다가 당신과 꼭 닮은 놈이 있거든 살인 양반, 그자를 찔러 주시오, 그놈이 살인자이니까 —— (카이론에게) 자, 강간 양반, 당신도 같이

타이터스 앤드러니커스 5막 127

가서 당신을 닮은 놈을 만나거든 푹 찔러 주시오, 그놈이 강간범이니까 —— (타모라에게) 당신도 같이 가주시오, 궁정에 가면 무어인의 시중을 받는 황후가 있을 거요. 황후도 꼭같이 당신을 닮았음을 알게 될 것이오. 머리에서 발끝까지 꼭 닮았소. 그들을 처참하게 죽여 주오, 그것들이 나와 나의 자식들에게 잔인무도한 짓을 했으니.

타모라 잘 가르쳐 주었소. 그렇게 해드리리다. 그런데 이렇게 하는 것이 어떻겠소, 앤드러니커스, 당신의 용감한 아들 루시어스가 지금 고드의 정예군을 이끌고 로마로 진격해 오고 있는데, 아들을 불러서 당신 집에서 연회를 베푸는 것이? 루시어스가 이곳에 오면 엄숙한 연회중에, 황후와 그의 아들들 그리고 황제도, 또 그밖의 당신 적들을 모조리 이곳에 데리고 와서, 당신 앞에 엎드려 자비를 빌게 하여 당신의 분노가 말끔히 풀리도록 말이오. 내 계획이 어떻소, 앤드러니커스?

타이터스 동생, 마커스! 슬픔에 잠긴 타이터스가 부른다. 이리 와다오.

마커스 등장.

마커스, 조카인 루시어스에게 갔다오게. 고드 진영에 가면 찾아낼 수 있을 거다. 내게로 오라고 하고 고드족의 주요한 귀족도 몇 사람 같이 데리고 오도록 하고. 병사들은 현재 있는 곳에 진을 치고 있으라고 전해라. 황제와 황후가 내 집에서 회식을 하기로 돼 있는데 루시어스도 그들과 함께 식사를 하게 됐다고 말하고. 사랑하는 형의 부탁이니 수고 좀 해

다오. 아들에게도 이제 여생이 얼마 남지 않은 아비의 부탁이라고 생각하여 듣도록 해다오.

마커스 그렇게 전하겠습니다. 곧 돌아오겠습니다. (퇴장)

타모라 그럼 나도 당신 부하들을 두 사람 데리고 일을 하러 가겠습니다.

타이터스 아니, 안 되오, 강간과 살인 둘은 이곳에 남겨두고 가오. 그렇지 않으면 내 동생을 다시 불러서 복수는 루시어스 혼자서 하라고 하겠소.

타모라 (두 아들에게 방백) 너희들은 어떻게 하겠니? 여기 남아 있겠니? 황제께 가서 우리가 계획한 속임수가 어떻게 진행되고 있는가를 아뢰겠다. 내가 돌아올 때까지 비위를 잘 맞추고, 기분을 상하게 하지 말고 그와 같이 있거라.

타이터스 (방백) 저것들이 날 미쳤다고 생각하고 있지만 난 다 알고 있다. 그들의 계략을 뒤집어 버릴 테다──고약한 지옥의 두 마리 개다, 어미개하고!

디미트리어스 (타모라에게 방백) 황후 전하 어서 가십시오. 저희들은 여기 남아 있지요.

타모라 앤드러니커스, 잘 있어요. 복수의 여신은 이제 당신의 원수를 잡을 계략을 꾸미러 가겠소.

타이터스 그런 줄 알고 있소, 복수의 여신이여, 잘 갔다 오시오! (타모라 퇴장)

카이론 노인장, 우리들이 할 일을 말씀해 주시지요!

타이터스 글쎄다, 할 일이야 얼마든지 있지. 퍼블리어스, 이리 오게. 카이어스, 발렌타인도!

퍼블리어스, 카이어스, 발렌타인 등장.

퍼블리어스　무슨 일로 부르셨어요?

타이터스　이들 두 사람을 아는가?

퍼블리어스　황후의 아들, 카이론과 디미트리어스겠죠.

타이터스　이런 멍청이, 퍼블리어스, 바보 같은 소리 한다! 영 틀린 생각이야. 이 사람은 살인이고, 저 사람은 강간이라고 하느니라. 퍼블리어스, 그러니까 이것들을 꽁꽁 묶어라. 카이어스, 발렌타인, 저것들을 꽉 붙잡아 줘. 이런 때가 오길 내가 얼마나 고대했는지 들었을 테지, 이제 그때가 온 거다. 그러니 단단히 묶어 둬라. 소리지르거든 아가리를 틀어막아라. (퇴장)

퍼블리어스와 다른 사람들이 덤벼들어 카이론과 디미트리어스를 묶으려 한다.

카이론　이 무례한 것들, 삼가라! 우린 황후의 아들이다.

퍼블리어스　그래서 시키는 대로 하는 거다. 말을 못하게 입을 틀어막아라. 단단히 묶었느냐? 두놈 다 꽁꽁 묶었는지 살펴봐.

타이터스 앤드러니커스는 단도를 들고, 라비니어는 손 없는 두 팔로 대야를 들고 등장.

타이터스　자자, 라비니어야 봐라, 네 원수들이 묶여 있다. 자, 저놈들의 입을 틀어막고 말을 못하게 하라. 이제 저것들에게 내 무서운 얘길 들려 주는 거다. 오 악독한 놈들 카이론과 디미트리어스! 여기 있는 것은 네놈들이 진흙으로 더럽힌 샘물이다. 네놈들이 겨울날처럼 찬바람을 휘몰아쳐 시들게 한 아름다운 여름꽃이다. 네놈들은 이애 남편을 참살했다, 그 사악한 죄를 이애의 두 오빠에게 덮어씌워서 사형을 받게 했다, 내 한 손을 자르게 해 날 웃음거리로 삼았다, 이애의 예쁜 두 손도, 이애의 혀도 아니 보다 더 소중한 순결한 정조까지도. 인간답지 않은 비정한 것들아, 강제로 유린한 놈들. 만약 네놈들의 입을 열어 말하게 해준다면 도대체 무슨 말을 하겠는가? 이놈들아, 설마 낯짝 뜨겁게 신의 자비를 구걸하지는 못하겠지. 잘 들어라, 악당들! 내가 네놈들을 어떻게 요리할 것인지 잘 들어라. 남아 있는 이 한 손으로 네놈들 목을 자른다. 라비니어는 나무토막 같은 두 팔뚝으로 대야를 들고, 네놈들의 죄많은 피를 받을 거다. 네놈들의 어미는 날 미친 놈으로 알고, 자기를 복수의 여신이라고 말하며 너희들이 알 듯이 머지않아 이곳에서 나와 회식하러 올 거다. 듣거라, 악당들! 난 네놈들의 뼈를 갈아 가루로 만들고 네놈들의 피로 반죽을 해서 만두피를 만든다. 그리고 네놈들의 머리를 만두속에 넣어서 만두 두 개를 만들어, 그 더러운 창녀인, 네 어미에게 먹이겠다. 이 땅이 그러하듯 자기가 낳은 것을 자기가 먹는 거다. 이것이 내가 베푸는 향연이며 네놈들 어미에게 실컷 먹여 줄 식사다. 네놈들은 내 딸을 필로멜보다 더 잔혹하게 다루었다. 나도 푸로크니(역자주 : 필로멜의 언니)의 보복보다도 더 심하게 보복을 할 것이다. 자, 목을 내밀어. 라비니어야, 이리 와서 피를 받아라. (두 사람의 목을 벤다) 죽어 버리거든 뼈를 고운 가루로 만들어 그

가증스런 피로 개어, 그 반죽으로 머리를 싸서 굽겠다. 자, 자, 다들 연회준비를 해다오. 센토족이 베푼 향연 이상으로 무시무시하고 피비린내나는 연회를 열겠다. 시체를 안으로 끌고가라. 요리는 내가 하겠으니. 놈들의 어미가 오기 전에 요리해 놓겠다. (시체를 끌고 모두 퇴장)

제3장 타이터스 저택의 뜰

연회준비가 되어 있다. 루시어스, 마커스 및 몇 명의 고드인이 등장. 아론은 묶인 채 등장.

루시어스 숙부님, 제가 로마에 오는 것이 아버지의 뜻이라면 기쁘게 받아들이겠습니다.

고드인 1 어떠한 일이 일어나더라도 저희들이 배행(倍行)하겠습니다.

루시어스 숙부님, 무어의 이 야만족을 넘깁니다. 이 게걸스러운 호랑이를, 저주받을 악마를. 황후의 면전에 끌어내어 그녀의 악행을 증언할 때까지는 아무것도 먹이지 마시고 족쇄를 채워 두십시오. 그리고 우리 군사들을 매복시켜 주십시오, 황제는 악랄한 계책을 품고 있는 것 같습니다.

아론 어떤 악마든 내 귀에 저주의 말을 속삭여 주고, 내 혀에 힘을 담아 주지 않겠는가, 가슴에 가득찬 악마의 독을 뿜을 수 있게 말이다!

루시어스 에잇, 저리 가라, 더러운 개 같은 놈아! 여러분, 숙부님을 도와 저놈을 끌고 가시오. (고드인 몇 사람 아론을 끌고 퇴장. 안에서 나팔 소리) 나팔 소리가 가까이서 나는 것을 보니 황제가 오는가 보군.

나팔 소리. 새터나이너스와 타모라가 이밀리어스를 대동하고, 원로원 의원들, 호민관들 및 다른 사람들과 같이 등장.

새터나이너스 이봐라, 넌 하늘에 태양이 둘 있다고 생각하느냐?

루시어스 자기가 자기를 태양이라 불러 본들 무슨 소용이 있나?

마커스 로마 황제께서도, 조카도 이러시면 아니 됩니다. 이런 시비는 조용히 협의돼야 합니다. 타이터스 형님이 애를 써 준비한 이 연회는 평화, 우의, 협조 및 로마의 복리를 위한 훌륭한 목적을 가지고 베푸는 것입니다. 그러하오니, 여러분 이쪽으로 오셔서 각자 자리에 앉아 주시기 바랍니다.

새터나이너스 마커스, 그리다.

나팔 소리. 사람들, 식탁 앞에 앉는다. 타이터스와 라비니어 등장. 타이터스 요리사 복장을 하고 있는데 접시를 식탁 위에 놓는다. 라비니어는 베일을 쓰고 있다. 소년 루시어스와 그밖의 사람들 등장.

타이터스 폐하, 왕림하여 주시어 황공하나이다! 황후 전하께서도! 용맹스런 고드인 여러분도 잘 오셨습니다! 루시어스, 잘 왔다! 그리고 그밖의 모든 분들, 다 잘 오셨습니다! 차린 것은 변변치 않으나 드실 만큼 있으니 많이 드시기 바랍니다.

새터나이너스 앤드러니커스 장군, 왜 그런 복장을 하고 있소?

타이터스 황제와 황후 폐하의 접대에 소홀함이 있어선 아니 되기 때문입니다.

타모라 앤드러니커스 장군, 고맙기 그지없어요.

타이터스 신의 마음을 통찰해 주신다면 그렇게 말씀하실 겁니다. 폐하, 여쭈어 볼 말씀이 있습니다. 예전에 성급한 버지니어스가 자기의 딸이 잡혀 더렵혀지고 강간을 당했다고 자기의 오른손으로 딸을 죽였다고 하는데, 그건 정당한 행위라고 할 수 있겠습니까?

새터나이너스 그렇소, 앤드러니커스.

타이터스 폐하, 그 이유는?

새터나이너스 왜냐하면 그런 치욕을 받은 딸을 살려 두면 딸의 얼굴을 볼 때마다 아버지의 슬픔을 새롭게 하기 때문이오.

타이터스 백배 훌륭하고 강인하고 지당하신 말씀이십니다. 저같이 비참한 자에 대해서는 모범이 되며, 선례이며, 산 보증이오니 그와같이 행하라고 권하고 있습니다. 라비니어야, 죽어라 죽어. 죽으면 네 치욕도 죽어 버리고 네 치욕이 죽으면 이 아비의 슬픔도 죽는 거다! (라비니어를 죽인다)

새터나이너스 아니, 이게 무슨 짓이오? 인도에 벗어난 잔혹한 일이오.

타이터스 죽인 딸이 눈물로 절 눈 멀게 했습니다. 저의 절통함은 버지니어스에 뒤지지 않으며 이처럼 난폭한 짓을 하게 된 건 버지니어스보다 몇천 배나 더 강하기 때문입니다. 그래서 신의 딸을 죽였습니다.

새터나이너스 그렇다면 강간을 당했단 말이오? 범인은 누구요?

타이터스 폐하, 어서 드십시오. 황후 전하께서도 어서 드시지요.

타모라 어이하여 외동딸을 그렇게 죽이는 겁니까?

타이터스 신이 죽인 것이 아닙니다. 카이론과 디미트리어스가 죽였습니다. 그놈들은 라비니어의 몸을 더럽히고 혀까지 잘라 버렸습니다. 그놈들, 그놈들입니다, 내 딸에게 이런 못된 짓을 한 것은.

새터나이너스 당장 두 사람을 이리로 데리고 오라.

타이터스 아니, 두 사람은 다 거기 있습니다. 어미가 맛있게 먹은 고기만두에 굽혀 있습니다. 자기가 낳아서 기른 고기를 먹은 겁니다. 정말입니다. 이 날카로운 칼끝이 그 증인입니다. (타모라를 찔러 죽인다)

새터나이너스 죽어라, 이 미치광이 늙은이, 천벌이다! (타이터스를 죽인다)

루시어스 쏟아지는 자기 아버지의 피를 보고 어느 아들이 가만히 있겠는가? 피에는 피로 죽음에는 죽음으로 갚겠다! (새터나이너스를 죽인다)

큰 소동. 루시어스, 마커스 및 그밖의 다른 사람들이 2층 무대로 오른다.

마커스 태풍에 흩어져 버린 철새떼처럼 이 소동으로 비통한 표정을 짓고 있는 여러분, 로마의 민중 여러분, 부디 저의 말을 들어 주십시오. 어떻게 하면 흩어져 버린 곡식을 다시금 한다발로 묶을 수 있겠소. 어떻게 하면 부러져나간 손과 발을 모아 전처럼 한몸으로 만들 수 있겠소. 로마가 스스로 파멸의 원인이 되어서는 안 됩니다. 세계 강대국들이 복종해 온 로마인데 버림받아 절망한 조난자처럼 자기 목숨을 끊는 수치스런 짓을 해서는 안 됩니다. 그러나 많은 경험의 보증인 나의 흰 머리와 얼굴의 주름이, 여러분이 나의 말을 귀담아듣는 데 부족하시다면 (루시어스에게) 로마의 소중한 벗이여, 그대가 말해 보게, 우리의 조상 이니어스가 그의 웅장한 말투로 사랑에 번민하며 귀담아듣는 여왕 다이도에게, 책략에 뛰어난 희랍군이 기습을 하여 프라이암 왕의 트로이를 태워 버린 그 재난의 밤의 얘길 가르쳐 준 것처럼. 그리고 어떤 요부가 우리들의 귀를 황홀하게 매혹하여 우리의 트로이라고 할 이 로마에 내란의 상처를 몰고 들어온 저 치명적인 장치(역자주 : 목마를 이른다)가 누군지 말해 주오. 내 마음은 부싯돌이나 강철같이 억세지 못하기 때문에 우리의 쓰라린 슬픔을 일일이 말하려다 보면 나의 구설(口舌)이 눈물의 홍수에 빠져 버려 여러분이 들으면 동정을 하게 될 가장 중요한 때에, 말문이 막히고 말 것이오. 여기에 로마의 젊은 지도자가 계시오. 이분의 얘기를 듣도록 합시다. 그동안 한쪽에 비켜서서 이분의 얘길 들으며 눈물을 흘리겠습니다.

루시어스 고귀하신 청중 여러분, 제가 자초지종을 말씀드리겠습니다. 바로 카이론과 가증스런 디미트리어스가 우리 황제의 아우 배시에이너스를 죽인 저주받을 하수인이요, 누이동생을 능욕한 자도 바로 그놈들입니다. 또 그놈들의 잔인한 죄과를 뒤집어쓴 내 아우들은 목을 잘리웠고, 나의 부친의 눈물은 오히려 멸시를 당하였고, 놈들이 비열한 속임을 써서 로마를 위해 용감하게 싸웠고, 외적을 무덤으로 보낸 그 충성스런 손도 빼앗고 말았습니다. 그리고 결국 난 억울하게 추방당했고, 로마 성문은 닫히고 눈물을 흘리며 발길을 돌려 로마의 적에게 구원을 청할 수 밖에 없었습니다. 지성의 눈물은 적의 마음도 녹여 버려, 그들은 두 팔을 벌려 날 벗으로서 맞이해 주었습니다. 여러분, 이것만은 꼭 말하고 싶습니다. 비록 난 추방인이지만 조국의 안녕을 나의 피로써 지켜왔고 로마의 가슴을 겨눈 적의 칼끝을 빼앗아 그것을 여러 번 이 몸에 받아 온 사람입니다. 아아, 여러분이 아시다시피 난 큰소리치는 사람이 아닙니다. 내 몸의 상처는 비록 말은 없지만, 내 말이 공정하고 진실됨을 증명해 주고 있습니다. 아, 잠깐! 쓸데없이 빗나간 이야길 한 것 같소. 보잘것없는 공적을 자화자찬하였으니 죄송합니다. 오오, 용서해 주시오, 사람이란 친구가 곁에 없으면 스스로 자신을 칭찬하게 마련인가 봅니다.

마커스 이젠 내가 말할 차례인 것 같소이다. (시종의 팔에 안겨 있는 아론의 아이를 가리키면서) 이 아이를 보시오, 타모라가 낳은 아이요. 이애의 아비는 신을 두려워하지 않는 무어인이자 이번 재앙을 꾸민 장본인이오. 그 악한은 타이터스 집에 살려놓고 있소. 이번 일이 사실임을 입증할 증인이 되게 하기 위해서요. 자, 이러한 처지이니 타이터스 장군의 복수가 얼마나 당연한 일이겠습니까? 그가 받은 것은 말로는 표현할 수 없고 인간으로서 도저히 참을 수 없는 일이었소. 여러분은 이제 진상을 들으셨소. 로마인 여러분, 어떻게 생각하시오? 만일 우리들에게 잘못이 있었다면 알려 주시오. 그러면 우리가 여러분께 호소하고 있는 이 장소에서 앤드러니커스 집안의 불쌍한 유족(遺族) 일동은 손에 손을 잡고, 거꾸로 몸을 던져 울퉁불퉁한 노상(路上)의 돌에 혼백을 부딪쳐 가문을 전멸시키겠소이다. 로마의 시민 여러분, 말해 보시오, 말을. 여러분이 죽으라고 한다면 루시어스와 난 곧 손에 손을 잡고 이곳에서 떨어지겠소.

이밀리어스 아, 로마의 원로이신 마커스님, 우리의 새로운 황제가 되실 그 루시어스의 손을 잡고 조용히 내려오십시오. 로마인 일동은 소리를 높여 그렇게 되기를 원합니다.

군중 루시어스 만세, 로마 황제 만세!

마커스 (시종들에게) 자, 노(老) 타이터스의 비탄에 잠긴 집으로 가서, 저 신을 두려워하지 않는 무어놈을 끌고 오너라. 그자의 생전의 극악무도함을 벌하기 위해 극형에 처하겠다. (시종들 퇴장)

루시어스, 마커스 및 그밖의 사람들이 2층 무대를 떠나 잠시 후 평무대로 나온다.

군중 루시어스 만세, 로마의 인자하신 통치자 만세!

루시어스 로마의 시민 여러분, 감사합니다. 신이시여, 조국 로마의 상처를 아물게 하고, 로마의 재앙을 도려낼 통치력을 주소서! 그러나 여러분, 잠시 날 용서해 주시오, 지금은 우선 혈육의 정이 슬픈 죽음에 애도를 표하게 해주시오. 여러분께선 좀 비켜 주시오. 숙부께선 가까이 오셔서 이 시신에 애도의 눈물을 흘려 주십시오. 아아, 아버지의 창백한 입술에 이 따뜻한 키스를 바칩니다. (타이터스에게 키스한다) 아버지의 피로 얼룩진 얼굴에 슬픔에 잠긴 눈물을 바칩니다. 이것이 아버지의 훌륭한 피를 이어받은 자식의 마지막 효행입니다!

마커스   눈물에는 눈물, 키스에는 사랑이 담긴 키스를 마커스가 형님 입술에 바칩니다. 오오, 드려야 할 것이 설사 한없이 크고 많다 할지라도 어찌 아까워하겠습니까!

루시어스   (소년 루시어스에게) 얘, 이리온. 이리 와서 나처럼 조의(弔意)의 눈물을 쏟아라. 할아버지께선 널 무척 귀여워하셨다. 너를 이따금 무릎에 올려놓고 춤을 추게 해 주시고, 할아버지의 가슴을 베개로 해 자장가를 부르시며 널 재우셨다. 그리고 재미있는 얘기도 많이 들려 주셨다. 그리고 그 아름다운 얘길 잘 기억해 두었다가 할아버지가 세상을 뜨시면 그 얘길 들려 달라고 하셨단다.

마커스   저 가엾은 입술이 살아 있었을 때 네 입술과 포개어 덮힌 적이 얼마나 많았던고! 자, 얘야, 할아버지 입술에 마지막 키스를 해드려라. 잘 가세요 하고. 묘지로 전송하는 거다. 정성을 다하여 작별을 하는 거다.

소년   아, 할아버지, 할아버지! 제가 죽어서 할아버지가 다시 살아나신다면 전 기꺼이 죽겠습니다! 아, 눈물이 흘러 말을 할 수 없어요. 입을 열면 눈물로 목구멍이 막힌단 말입니다.

시종들 아론을 데리고 다시 등장.

시민 1   슬픔에 잠겨 계신 앤드러니커스 집안 여러분, 눈물을 거두시고, 이번 참사를 빚어낸 이 가증할 원흉에게 선고를 내려 주십시오.

루시어스   그자를 흙 속에 가슴까지 생매장하고, 굶주리게 하라. 그놈이 거기서 소리를 지르든 먹을 것을 달라고 하든 내버려둬라. 누구든 그잘 도와 주거나 동정하는 자는 그 죄로 가차없이 사형에 처한다. 이것이 내 선고다. 누군가 저 놈을 생매장하라.

아론 아, 부화가 끓는데 어찌 입을 다물소냐! 난 어린애 가 아니다. 비열한 기도로 내가 저지른 악행을 후회하는 자 가 아니다. 내 마음대로 할 수만 있다면 지금까지 한 짓의 몇천 배 몇만 배 더 나쁜 짓을 하고 말 거다. 내 평생에 단 한 번이라도 선행이 있었다면, 난 죽어서도 통탄하고 후회할 거다.

루시어스 황제와 친하셨던 몇몇 분이 황제의 유해를 운 구하여 조상의 묘지에 매장하여 주시오. 선친과 라비니어의 유해도 곧 우리 집안 묘지에 모시도록 하겠소. 탐욕스런 호 랑이 타모라는 장례의 의식이 필요없소. 상복을 입을 필요도 없소. 조종(弔鐘)을 울릴 필요도 없소. 그 시체는 들판에 내 버려 들짐승이나 들새의 밥이 되게 하라. 이 여자는 평생을 야수같이 살아 자비심이 조금도 없었으니 죽어서 새들의 동 정이나 받게 하라. 가공할 사건을 일으킨 잔인무도한 무어인 아론은 선고대로 처형하라. 모든 일이 끝난 후에 질서회복에 착수하리다, 다시금 그러한 비극이 일어나지 않도록. (모두 퇴장)

작품해설

『타이터스 앤드러니커스』는 악몽이라고나 할 세계에서 일어나는 그야말로 참혹의 연극이다. 잔학, 폭력, 광기가 무성한 피비린내나는 복수의 비극이다. 내용이 보기 드물게 잔학한데다가 작가의 문제, 공연사, 비평 등에서도 유별나고 이단적인 것이라서 셰익스피어의 작품으로서는 매우 특이하다고 할 만하다.

『타이터스 앤드러니커스』는 1593년경의 작품으로 추정되며 이 작품은 첫 공연에서 크게 인기를 얻은 것으로 알려져 있다. 그후의 공연은 당시 영국의 사회 상황과 무관하지 않다. 1592~94년 사이에 영국의 런던에서는 흑사병이 기세를 펼쳤던 때라 극장은 폐쇄되었고 많은 극단들이 이합집산(離合集散)을 반복하며 지방공연을 하지 않을 수 없었다. 이 과정에서 극단들이 소유하던 대본들이 타극단으로 양도되었고, 인쇄업자에게 매도되는 형국이어서 『타이터스 앤드러니커스』를 누가 썼는지 식별하기 곤란하다.

이 작품도 이런 영향으로 해서 정확한 창작시기나, 작가명이 애매해질 수밖에 없었다. 그러나 한 가지 분명한 사실은 극단을 달리하면서도 상연이 지속될 정도로 인기가 있었다는 사실이다. 그러나 왕정복고시대에 관객은 관극을 완전한 오락으로 생각하게 되었고, 처절 비참함의 상징이라 할 『타이터스 앤드러니커스』는 공연이 줄어들게 되었다.

18세기에 들어와서는 라벤스크로프트의 대본이 관객을 사로잡았던 것으로 알려져 있으며, 19세기에 들어서는 3회의 공연만이 있었다고 한다. 그 중 미국의 흑인배우로 유명한 아이아라 올드릿지가 아론 역을 한 1857년 공연이 특기할 만 것으로 인정되고 있다.

20세기에 와서도 사정은 다를 바가 없었으며 『타이터스 앤드러니커스』의 공연 횟수는 다른 셰익스피어 극에 비하여 희소한 편이다.

1955년에 피터 브룩 연출로 로렌스 올리비에의 타이터스, 비비안 리의 라비니어, 앤소니 퀄의 아론 등 호화 배역으로 막이 올랐다. 여기서 올리비에는 리얼하고 박력 있는 연기로 획기적인 공연을 펼쳤다. 그리고 1963년에 버밍검 레퍼토리 극단 창립 50주년 기념공연에서는 데릭 제이코비의 아론 역이 돋보였다고 한다.

1972년 트레버 넌 연출에 의한 스트라트포드 공연 역시 돋보이는 연출감각을 보여 주었다. 브레이크리가 분장한 타이터스의 고뇌에 찬 연기가 관객을 매료시켰다고 한다. 1980년에는 온타리오의 스트라트포드에서 브라이언 베드휘드가 돌출된 무대와 간소한 장치를 시도하였으며 텍스트에 충실한 연출과 아론의 조형에 성공하였다고 한다.

1981년에는 타이터스의 희소한 공연에 도전하듯 실험적인 연출로 존 바턴의 스트라트포드 공연이 있었다. 타이터스 역의 패트릭 스튜워트, 타모라 역의 시라 한콕이 인상적인 연기를 하였다고 한다.

다음으로 지적할 수 있는 점은 작가와 작품성의 문제이

다.『타이터스 앤드러니커스』의 원작자가 셰익스피어가 아니라는 주장이 제기되기도 했는데, 이같은 주장을 최초로 공언한 사람은 17세기의 극작가 에드워드 라벤스크로프트였으며, 그 시기는 1687년이다.

이 작품을 실제로 셰익스피어가 썼는지 혹은 다른 극작가가 썼는지는 오랫동안 문제시되어 왔다. 수많은 사람들은 셰익스피어가 뛰어난 부분을 일부 가필한 것이라고 주장하여 왔다. 라벤스크로포트는 1687년에 『타이터스 앤드러니커스』를 각색한 바 있다. 그는 『타이터스 앤드러니커스』를 "가장 정확하지 못하고, 작품이라기보다는 쓰레기더미 같다."고 비판했다.

그런데 최근에는 『타이터스 앤드러니커스』 전부를 셰익피어가 썼다는 의견도 제기되었다. 프란시스 미어즈 목사가 1598년에 출판한 『지식의 보고』에 그해까지 창작된 셰익피어의 작품목록에 이 작품이 기록되어 있다는 것을 근거로 한다.

최초의 인쇄본은 1594년의 4절본이다. 그중 오늘날까지 남아 있는 4절본은 오직 한 권밖에 없는데 그 책을 둘러싼 흥미롭고 극적인 일화가 하나 알려져 있다.

1904년이 저물 무렵이었다. 스웨덴의 한 우체국 직원의 집에서 영국은 말할 것도 없거니와 서구 여러 나라에서도 300년 동안 행방불명이 되었던 책이 발견되었다. 그런데 그 책이 어떤 경로를 거쳐 북스칸디나비아 반도까지 가게 되었으며 어떻게 해서 이름도 없는 우체국 직원의 집에 배달되었고, 또한 발견되었는지 그것은 오늘날까지 밝혀지지 않고 있다.

그 세계적으로 희귀한 책은 스탠더드 석유회사 사장이었던 미국인 헨리 클레이 폴저가 우여곡절 끝에 경매에서 2천 파운드에 사들여 현재는 유명한 폴저 셰익스피어 도서관의 보물로 비장되어 있다.

1594년에 출판된 4절본은 1611년까지 3판이나 출판되었고, 1614년의 『바솔로뮤 축제』에서는 그 당시 최고의 비극으로 알려진 『스페인 비극』과 더불어 『타이터스 앤드러니커스』도 최고의 극으로 인정받았을 만큼 평이 좋았다. 그러나 라벤스크로포트가 이 작품을 각색하고 악평한 이래 그 인기는 급격히 하락하였다.

이 호평과 비난의 양극단은 현대의 비판 가운데에도 있다. T. S. 엘리어트는 "다시 없이 평범한 극의 하나"라고 하였고, 하덴 고든 크레익은 "이론적으로는 —의도와 구성에 있어서 —실로 위대한 비극이다."라고 했다. 사실 1955년 피터 브룩 연출의 스트라트포드의 상연을 통해 『타이터스 앤드러니커스』의 현대에 있어서 연극적 가능성이 충분히 증명되었음에도 그의 예술적 가치에 대한 의견은 둘로 나뉘어졌다.

"명확히 통속적인 관객을 흥분시키기 위해 의도되었던 것"이라고 콜리지가 평했듯이 이 작품은 잔학한 삽화로 가득차 있다. 그러나 G. B. 해리슨이 지적한 "도덕성과 진실에 대한 감각의 결여"가 과연 존재한다는 것인가.

철두철미 로마의 명예와 정의를 추구하는 타이터스의 세계와 대비시킨 부도덕하고 정의롭지 못한 고드족의 타모라와 아론의 세계의 묘사야말로 그 뿌리에 있어 해리슨이 말하는 그 '감각' 외에 무엇이겠는가.

셰익스피어의 작품의식으로서의 『타이터스 앤드러니커스』는 셰익피어가 극작가로서의 다양성과 폭의 기틀이 제대로 잡혀 있지 않은 습작기에 쓰여진 이색적인 작품이다.

이 작품이 발표되기 전까지는 애국심과 전쟁열에 호소하는 사극을 시도하여 성공을 거두었는가 하면 희극도 써서 호평을 받아온 것도 사실이다. 그렇다면 셰익스피어가 이 시기에 이처럼 피비린내나는 유혈비극을 쓰게 된 직접적인 창작동기는 어디 있을까? 이 물음에 대한 대답을 하기 위해서 먼저 그 당시 연극의 바람몰이를 어설픈 대로 살펴볼 필요가 있다.

이 시기 영국의 극단에서는 이른바 유혈비극을 서로 앞다투어 무대에 올리기에 바빴다. 시민들은 그것을 감동적으로 받아들였다. 그리하여 큰 무게로 부각되어 온 유혈복수의 이념을 머리에 내세운 작품들이 도도한 물결을 이루었다.

로마의 세네카 비극의 영향을 받은 영국 최초의 비극인 『고보더크』(1561)와 당시 비극 작가 토머스 키드의 『스페인 비극』이 대인기였다.

유혈비극이란 말을 최초로 규정지은 이는 J. A. 사이먼스였다. 도버 윌슨은 유혈비극이란 "잇따라 일어나는 잔혹한 범죄와 그에 따르는 유혈의 비극"을 말한다고 했다. 구체적으로 예를 들자면 키드의 『스페인 비극』, 크리스토퍼 말로의 『말타섬의 유태인』, 추틀의 『호프만의 비극』, 셰익스피어의 『타이터스 앤드러니커스』 등이 있다.

흔히 지적되고 있는 것처럼 시대적 징후에 민감한 셰익스어가 대중의 기호에 무관심할 리 없었고, 또한 키드의 선풍적인 인기에 대한 도전 의지의 발로(發露)가 『타이터스 앤드러니커스』를 창작케 한 동기라 한다. 그래서 그런지 이 작품의 내용도 이러한 시대적 기호에 대응할 만큼 처절하고 끔찍한 유혈의 구도를 드러낸다.

셰익스피어의 비극을 한 마디로 정리한다면 성격과 현실의 대결에서 고귀한 인간성이 파괴당하는 과정이 그 본질이다. 초기의 비극인 『타이터스 앤드러니커스』를 대할 때 특히 유의해야 되는 것은 셰익스피어의 후기 비극들과는 본질적으로 차원이 다르다는 바로 그 점이다. 두말할 나위 없이 이 작품을 셰익스피어 비극의 대작들과 구별짓는 몇 가지 요소가 있다.

후기의 비극들은 모두 인간의 내면적인 갈등이 주축이 되어 있는 데 반하여 초기의 비극 『타이터스 앤드러니커스』에서는 외면적인 비극이 작품의 핵심적 줄거리를 차지하고 있다는 사실이다.

이 작품은 초창기에는 대단한 호평을 받았는데 왜 세월이 갈수록 대중으로부터 소외당했는지를 살펴 보기로 하자. 첫째, 이 작품은 극단적으로 인간의 잔학성을 적나라하게 드러내고 있다는 점이다. 둘째로는 이 작품 속에서 일어나는 사건들이 한결같이 황당무계하고 부자연스럽다는 점을 지적할 수 있다. 말로 형용할 수 없는 금수와 같은 잔학성은 이야기

줄거리를 따라가다 보면 더욱 전율을 느끼게 된다.

　1막 —고드족을 정벌한 뒤 많은 포로들을 거느리고 개선한 로마의 장군 타이터스 앤드러니커스는 혁혁한 전훈으로 로마의 통치권을 부여받을 수 있게 되지만, 사양하고 선왕의 장자인 새터나이너스를 왕위에 오르게 한다.

　보위에 앉은 신왕은 장군의 딸 라비니어를 황후로 맞아들이려 하나 신왕과의 왕위 다툼으로 반목하고 있는 동생 배시에이너스가 자기의 약혼녀라면서 그녀를 강제로 납치해 간다. 타이터스는 동생과 자식들이 라비니어가 강탈당하는 것을 묵인한 것에 격분한 나머지 아들 뮤시어스를 죽인다.

　새터나이너스는 장군의 포로이며 고드족의 여왕인 타모라를 황후로 맞아들인다. 타모라는 지난 날 자기의 장남이 참살 당한 원한 때문에 겉으로 화친을 나타내면서 타이터스 앤드러니커스에 대한 복수를 계획한다.

　2막 —그러한 내막도 모르고 타이터스는 그들을 사냥에 초대한다. 한편 타모라는 정부인 아론과 숲속에서 밀회를 나눈 후, 타모라의 두 아들을 시켜 라비니어를 강간케 하고는 그 죄상이 탄로날까봐 혓바닥과 두 손을 잘라버리게 한다. 그리고 신왕의 동생을 죽인 죄를 타이터스의 두 아들에게 뒤집어씌워 사형선고를 받게 한다.

　3막 —타이터스는 자기의 손을 잘라 두 아들을 구하려고 하지만 수포로 돌아가고 우롱당했다는 것을 깨닫고 복수를 맹세한다.

4막—타이터스의 장자인 루시어스는 유배 길에서 고드족을 이끌고 로마를 향해 진격해 온다. 함락의 위기를 감지한 타모라는 타이터스의 저택에서 그와 회견하여 고드족을 회군하도록 종용하려 한다.

5막—타이터스는 타모라가 물러가자마자 그녀의 두 아들을 죽여 육포를 떠 요리해 두었다가 자기 집에서 루시어스와 회견할 때 황제와 황후에게 먹게 한다. 그 자리에서 타이터스가 타모라를 죽이자, 그는 황제의 칼에 맞아 죽고 만다. 그런가 하면 황제는 루시어스에게 피살되고 무어인 아론은 생매장 선고를 받게 된다. 이리하여 피를 뿌리던 살육의 칼바람이 멈추고 마지막 막이 내린다.

특히 3막 1장에서 타이터스가 잘린 손으로 그의 딸을 범한 타모라의 두 아들의 목을 찔러, 양손이 절단된 딸에게 쟁반을 들게 해 떨어지는 피를 받게 하는 장면은 눈을 뜨고서는 차마 볼 수 없는 처참하고 참혹한 장면이다.

그런가 하면 독자나 관객들의 심금을 울리는 장면도 있는데 그 하나는 타이터스가 손도 혀도 잘린 라비니어의 모습을 애통해하며 아래와 같이 읊조리는 대사이다.

내가 제 오빠들의 이름을 대자마자
딸의 두 볼에는 새 눈물이 아롱지는구나

마치 감미로운 이슬방울이
시들어 버린 백합꽃잎에 떨어지듯이
(Ⅲ. i, 111 − 13)

『타이터스 앤드러니커스』에서는 특히 라비니어에 관한 장면이 사람들의 마음을 감동적으로 사로잡는다.

지금까지 보아온 바로 대강 짐작할 수 있는 일이겠지만 규모의 웅대성과 작의(作意)의 심각성은 물론이거니와 유혈복수극 특유의 경도(硬度)와 탄성(彈性)과 폭을 가지고 있어, 엘리자베스 시대 토머스 키드의 『스페인 비극』 못지 않게 성공작으로 이끌고 가는 데 한몫을 담당했는지도 모른다.

셰익스피어 전집 28

타아터스 앤드러니커스

옮긴이 · 신정옥
펴낸이 · 양계봉
만든이 · 김진홍

펴낸곳 · 도서출판 전예원
주소 · 경기도 용인시 처인구 모현면 초부로 54번길 75
전화번호 · 031) 333-3471. 전송번호 · 031) 333-5471
email · jeonyaewon2@ nate.com
출판등록일 · 1977년 5월 7일. 출판등록번호 · 16-37호

1996년 02월 28일 초판발행
2017년 09월 01일 4쇄 발행

ISBN · 978-89-7924-039-9 04840
ISBN · 978-89-7924-011-5 04840 (세트)